periscopio

MANERAS DE VIVIR

PREMIO EDEBÉ
DE LITERATURA JUVENIL

LUIS LEANTE

MANERAS DE VIVIR

PREMIO EDEBÉ
DE LITERATURA JUVENIL

edebé

Obra ganadora del Premio EDEBÉ de Literatura Juvenil según el fallo del Jurado compuesto por: Sr. Javier Brines, Sra. Paula Jarrín, Sr. Óscar López, Sra. Rosa Navarro Durán y Sra. Care Santos. Actuó como secretaria del Jurado la Sra. Elena Valencia.

Paseo de San Juan Bosco, 62
08017 Barcelona
www.edebe.com

Atención al cliente: 902 44 44 41
contacta@edebe.net

Directora de Publicaciones: Reina Duarte
Diseño de la colección: Book & Look
Fotografía de cubierta: Shuherstock / Harry Kasyanov

3.ª edición

ISBN: 978-84-683-4883-4
Depósito legal: B. 1075-2020
Impreso en España
Printed in Spain
EGS - Rosario, 2 - Barcelona

A Candelas

Prólogo

Samarkanda es el nombre de una tienda de discos de vinilo que había no hace mucho tiempo en Alicante. Por supuesto, también es el nombre de una de las ciudades más bellas y antiguas del mundo.

Pero Samarkanda es, además, el nombre de un grupo de *rock* de los años 90 del siglo pasado. Desde su origen, sus componentes han ido cambiando y el grupo ha evolucionado, a pesar de que en algún momento estuvo a punto de desaparecer. Las letras de las canciones de Samarkanda fueron una mezcla de poesía y arte callejero, pero sus raíces están en el *rock*.

La primera vez que vi actuar a Samarkanda fue en agosto de 1992, en el estadio de fútbol Vicente Calderón de Madrid. Fue un concierto memorable en el que actuaron media docena de grupos. El plato fuerte fueron Samarkanda y Rosendo Mercado. Cómo olvidar aquel concierto. Por aquella época yo todavía soñaba con ser crítico musical y publicar reseñas y entrevistas en la revista *Rolling Stone*. Después la vida me llevó por otros caminos y, aunque mi trabajo siempre ha estado relacionado con la escritura, nada de lo que he publicado en este tiempo tiene que ver con la crítica musical y apenas con el periodismo. Pero eso es otra historia, o a lo mejor no lo es y todo forma parte de la misma historia.

Samarkanda, con dos discos publicados ya en 1992, se había convertido en un referente musical y tocaba en los festivales más importantes del país. Tenía tanta fuerza que sus canciones terminaban sirviendo de inspiración para otros grupos. Sus letras eran magistrales. El guitarrista y cantante del grupo se llamaba Jimi, y cuando lo vi por primera vez en el escenario me pareció el hombre más feo del mundo. Era realmente feo, pero derrochaba un torrente de voz que ponía los pelos de punta y elevaba la temperatura en el estadio.

Jimi era como un terremoto en el escenario. Tenía entonces veintidós años y ya había dejado de ser una joven promesa. Con su fuerza y su magnetismo llegaba a anular en algunos momentos al resto de la banda, que se hacía invisible. Se movía de un lado a otro del escenario como si tuviera alas. Saltaba, cantaba y rasgaba la guitarra con una energía brutal. Todo a la vez. De todos los músicos que he visto actuar en directo a lo largo de mi vida, no hay ninguno que se pueda comparar con él. Desde aquel lejano verano de 1992 me convertí en un seguidor incondicional de Samarkanda y, sobre todo, de Jimi, su líder.

El final de aquel concierto fue apoteósico. Jimi y Rosendo subieron juntos al escenario y cantaron la mítica canción *Maneras de vivir,* que con el paso de los años se convirtió en uno de los diez mejores temas de *rock* de todos los tiempos, casi un himno. Todavía me parece escuchar el griterío y los aplausos del público, que se prolongaron cuando los artistas habían bajado ya del escenario y quizás incluso habían abandonado el estadio.

Vi a Jimi y a su banda cinco o seis veces más en los años siguientes. Y nunca me decepcionaron. Compré los cuatro discos que sacaron en la década de los 90. Me convertí en un seguidor incondicional.

Después no sabría precisar qué fue lo que ocurrió para que les perdiera la pista. Muchas de las bandas de *rock* que me gustaban desaparecieron o se reconvirtieron en otra cosa que ya no tenía la misma autenticidad. Y Samarkanda se descolgó de la primera línea de los grupos que pegaban fuerte. Eso fue más o menos a finales de siglo. Y llegué a pensar que Samarkanda se había disuelto. No diré que me olvidé de ellos, pero mi entusiasmo perdió fuerza. Es verdad que de vez en cuando escuchaba sus discos en casa, con cierta melancolía, pero al final los nuevos grupos fueron haciéndose un hueco en mi estantería y los discos de Samarkanda pasaron a la parte más alta del mueble, aquella a la que casi nunca llegaba.

Sin embargo, Samarkanda no se había disuelto. El grupo siguió tocando y sobreviviendo a duras penas, pasados de moda y olvidados por la mayoría del público. Sus conciertos ya no eran en grandes estadios ni en salas importantes, ni participaban en festivales. Tocaban en locales pequeños, la mayoría de Madrid. Muy de vez en cuando actuaban en Bilbao o Barcelona, donde tampoco llenaban.

Durante aquel tiempo pasaron muchas cosas y se fueron encadenando varias casualidades hasta llegar a este punto. Empecé a publicar novelas, me fui a vivir a Alicante y descubrí que Samarkanda se había convertido en un grupo musical de BBC (Bodas, Bautizos y Comuniones). Además, ya no tocaba ninguno de sus miembros originales, ni siquiera Jimi, que se había hecho mánager y técnico de sonido.

No recuerdo exactamente cuándo volví a tener noticias de Jimi. Eso debió de ser hace diez o doce años. Lo que sí recuerdo es que fue a través de la prensa local como me enteré de su detención en Altea, del juicio y de los años de cárcel que le cayeron. No hace falta decir que aquella noticia me impactó. Después no supe nada más del asunto, aunque de vez en cuando me venía a la cabeza.

Hace un par de años, cuando aquello había quedado ya atrás, casi olvidado por mi parte, me tropecé con la noticia del secuestro y toda aquella historia tórrida en la que se vieron implicados Jimi y su familia. Y por eso supe que Jimi llevaba años viviendo en Alicante, desde que salió de la cárcel. No fue difícil dar con él. A través de Internet y las redes sociales averigüé que Jimi tenía una tienda de discos de vinilo que se llamaba Samarkanda —no podía ser de otra manera— en la calle Quintana. Me sorprendió que aún se siguieran vendiendo discos del siglo pasado, pero lo cierto es que hay muchas personas que prefieren aquellos sonidos «imperfectos». Al enterarme, sufrí una crisis de nostalgia, rescaté del trastero el tocadiscos y escuché de nuevo los sonidos de juventud que ya tenía olvidados.

El resto de la historia ocurrió de forma natural. Un día decidí pasarme por la tienda de discos. En el escaparate había un cartel que decía «TIRAMOS LOS PRECIOS POR TRASPASO DEL LOCAL». Sentí una punzada en el estómago. Lo primero que pensé fue que las cosas no le habrían ido bien a Jimi. Estuve a punto de darme la vuelta y seguir mi camino, pero, por suerte, no lo hice. Si me hubiera marchado, ahora no estaría contando esta historia. Cerré los ojos, empujé la puerta y allí estaba Jimi detrás del mostrador, con unas gafas de leer que sostenía en la punta de la nariz y con mucho menos pelo que veintitantos años atrás. Pero era inconfundible. Lo habría reconocido en cualquier parte en que me lo hubiera cruzado.

—¿Qué tal te va, Jimi? —le saludé desde la misma puerta.

—Muy bien, ¿y a ti?

—Todo bien —le respondí.

—Perdona, a lo mejor nos conocemos, pero no te sitúo ahora mismo.

—No, no podrías situarme. Yo sí te conozco desde hace años, pero tú no me habías visto antes. —Me acerqué al mostrador, le tendí la mano y le dije mi nombre—. Soy un incondicional tuyo desde que te escuché por primera vez en el Vicente Calderón en el 92, aunque ya tenía dos discos vuestros.

Jimi se quitó las gafas de leer y me miró de arriba abajo.

—Vale, tío —me dijo sin dejar de sonreír, y luego me mostró el brazo y añadió—: mira, se me han puesto los pelos de punta al oírte decir eso así con tanta contundencia. Menudos tiempos aquellos.

Le conté que tenía todos los discos del grupo y que había ido a varios conciertos después de la mítica actuación con Rosendo. Luego seguimos hablando como si nos conociéramos realmente desde aquella época.

Mientras Jimi me resumía apresuradamente cómo habían sido los últimos años, se abrió la puerta y entró un chico. Calculé que tendría unos quince o dieciséis años.

—Ven, Manu, quiero que conozcas a un amigo.

Me emocionó que me presentara como un amigo, esa es la verdad. Manu me dio la mano con timidez y balbuceó algo. Se había sonrojado y me miraba con curiosidad.

—Ya lo conozco —me dijo con voz apagada.

—¿En serio?

—Sí, en clase hemos leído un libro suyo y vino un día a hablarnos de él.

Entonces fui yo quien se sonrojó. Intenté identificar aquel rostro entre cientos de rostros de adolescentes a los que había visto en los últimos tiempos. Pero ni siquiera sabía en qué instituto estudiaba Manu.

—Lo siento, Manu, pero es del todo imposible que me acuerde.

—Ya lo sé, es más fácil que me acuerde yo —dijo sonriendo por primera vez.

La visita terminó enseguida porque no quería hacerme pesado. Sin embargo, en los meses siguientes estuve yendo a la tienda casi todas las semanas. Y si lo hice fue porque me pareció que Jimi se alegraba de verme y le gustaba recordar viejos tiempos conmigo. Cada vez que veía el cartel de traspaso en el escaparate, me invadía una sensación de tristeza.

—Malos tiempos para el vinilo —le comenté en una ocasión a Jimi.

Él me miró y, sin sombra de nostalgia, me dijo:

—No creas. Hay mucha gente que añora aquellos sonidos. Y las ventas suben un poco cada año.

—¿Entonces por qué dejas el negocio?

—Porque no me gusta estancarme. Rosa y yo vamos a hacer un viaje que le prometí. Rosa es mi mujer. Y después seguiremos con el negocio, pero a través de Internet. Hay que adaptarse a los nuevos tiempos.

Dos meses después, la tienda de discos cambió de dueño y de nombre. La noche en que Jimi entregó las llaves a su nuevo propietario organizó una fiesta en su casa. Para entonces yo me sentía ya parte de la familia de Jimi, que no solo eran Rosa Winchester, Manu y Luna, sino también el Mono, la Flaca y su hijo Nacho. Esa noche estuvieron todos.

Fue una fiesta sin nostalgia, mirando al futuro más que al pasado. La única que parecía algo afectada era Rosa Winchester. En uno de los brindis me pareció que se le quebraba la voz y los ojos se le humedecían.

Era ya tarde cuando pensé que aquello no podía terminar así. Los miré a todos, uno por uno, y les dije:

—Me gustaría escribir vuestra historia.

Se hizo un silencio expectante.

—¿Nuestra historia? —preguntó, extrañado, Jimi después de mantener los ojos clavados en mí durante unos segundos.

—Sí, la de Samarkanda, la de vosotros. Me encantaría escribir un reportaje sobre todo esto.

—¿Y por qué no una novela? —preguntó Rosa.

—Bueno, las dos cosas. Yo creo que a la gente le gustaría conocer vuestra historia.

—¿Tú crees? —insistió Jimi.

—A lo mejor es una buena idea —dijo Luna.

—Pues claro que es una buena idea —la apoyó Manu, que había estado callado la mayor parte de la noche.

—Pero necesitaré vuestra ayuda para escribirla.

—Cuenta con ello —aceptó Jimi.

En ese momento empecé a improvisar mi plan de trabajo. Les propuse hablar con ellos por separado para que me contaran lo que quisieran. Lo demás correría de mi cuenta.

Manu

No pienses que estoy muy triste

—Corrígeme si me equivoco, Manu: cuando empezó todo, tú tenías catorce años. Me refiero al accidente de tu madre y todo lo que ocurrió después. Ya sabes.

—Quince.

—De acuerdo. Y ahora tienes diecisiete, ¿no?

—Los cumplo la semana que viene.

—¿Estabas en 4.º de ESO?

—Sí, estaba terminando el curso cuando mi madre murió. Fue a principios de junio.

—Vamos a empezar por ahí. Pero quiero que me confirmes algunas cosas. Tú naciste en Madrid y vivías con tu madre. Y hasta ese momento creías que tu padre estaba muerto.

—Es lo que mi madre me había dicho hasta los doce o trece años. Y luego supe que no, que estaba vivo, y cuando se lo comenté ella se enfadó mucho y me contó una historia muy chunga: que mi padre estaba en la cárcel, que era un drogadicto y un alcohólico, y que había matado a un hombre. Me lo pintó como un monstruo. Y ya se me fueron las ganas de preguntarle más cosas.

—¿Y quién te había contado que tu padre estaba vivo?

—Me lo contó mi tío Esteban, el hermano de mi madre. Mi tío y ella no se llevaban muy bien. Tampoco es que discutieran todo el rato, pero digamos que eran muy diferentes y chocaban algunas veces. Un día le pregunté si él había conocido a mi padre y entonces me dijo que sí. Y me contó la verdad. Bueno, una parte. Me dijo que no había muerto, que eso me lo había dicho mi madre porque habían terminado muy mal. Al principio no me contó muchas cosas, pero luego le fui preguntando y me enteré un poco de los malos rollos que tuvieron. Yo no podía entender que mi madre me hubiera ocultado la verdad. Me daba mucha rabia.

—¿Cómo se llamaba tu madre?

—Clara.

—¿Y cuántos años tenía cuando murió?

—Treinta y siete.

Clara y su hijo se llevaban bien hasta cierto punto, en palabras del propio Manu. No se parecían ni físicamente ni en el carácter. A ella no le gustaba hablar del pasado. Manu apenas sabía nada de los años de juventud de su madre. Sabía, eso sí, que había iniciado los estudios de Medicina y que poco después los abandonó. Quizás por eso estaba empeñada en que Manu fuera a la universidad y no perdiera el tiempo. Esa era su obsesión.

En los últimos meses el carácter de Clara había empezado a cambiar. Eso pensaba Manu. Sin embargo, es posible que quien hubiera comenzado a cambiar fuera el propio Manu. Discutían por cualquier tontería: sobre el desorden del cuarto de Manu, sobre la ropa que se ponía, sobre los chicos con los que salía, sobre el tiempo que perdía con el móvil. Las discusiones los distanciaban.

El mismo día en que murió Clara habían discutido en el coche, en el trayecto hasta el instituto, porque Manu pretendía quedarse a dormir el sábado en casa de un amigo y Clara le dijo que no. Y tres horas después, cuando Manu estaba en clase de Matemáticas, entró el director en el aula y le pidió que lo acompañara. En clase se formó un barullo de risitas y comentarios por lo bajo.

—Los demás se reían porque pensaban que me iban a echar una bronca por una cosa que había pasado el día anterior en el cambio de clase. Pero yo me di cuenta enseguida de que era algo más grave.

—¿Por qué te diste cuenta?

—Porque no es normal que el director entre durante una clase a buscar a un alumno, a no ser que haya intentado prenderle fuego al instituto.

—¿Habías intentado incendiar el instituto?

—No, claro que no. Además, el director estaba muy serio y fue muy amable conmigo. Eso tampoco era normal.

En cuanto salió al pasillo, Manu notó que aquello no tenía nada que ver con el incidente del cambio de clase del día anterior. Allí estaba su tío Esteban esperándolo con cara de preocupación, aunque de vez en cuando hacía esfuerzos por sonreír. Demasiados esfuerzos, tal vez.

«¿Qué pasa?», preguntó Manu.

«Vámonos y te lo cuento por el camino», respondió su tío.

«¿Por el camino? Pero ¿adónde vamos?».

«Al hospital».

Aquella palabra le sonó como una sacudida en la cabeza. Cuando estaban ya en el coche, Esteban le explicó que su madre estaba ingresada y que había pedido a los médicos ver a su hijo.

«¿Verme a mí? ¿Es que está grave?».

«No lo sé, Manu, no me han querido contar mucho. Solo sé que tuvo un accidente hace dos horas y que la llevaron al hospital».

«¿Un accidente con el coche?».

«Eso parece».

Manu echó mano a su móvil de manera instintiva. Él lo contaba como si hubiera tenido una intuición. Y en la pantalla apareció el aviso de un mensaje de voz. Lo abrió:

«Cariño, he pensado en lo que hablamos esta mañana. A lo mejor yo estoy equivocada. Si quieres quedarte el sábado en casa de Javier...».

Después se oía un golpe seco, como si el coche de Clara hubiera chocado contra algo. Esteban le pidió a Manu que guardara el teléfono.

«Es ella», susurró Manu.

«Vale, pero escúchalo luego».

En el hospital todo ocurrió muy deprisa. Según Manu, fue como si las cosas pasaran a cámara rápida. En urgencias les informaron de que habían trasladado a Clara a la uci. Enseguida se presentó un médico y les dijo que Clara había entrado en coma. Todo lo que sucedió después estaba confuso en la memoria de Manu. Clara murió a la mañana siguiente. Era sábado. Eso sí lo recordaba bien. El resto era como una nebulosa.

Clara tuvo el accidente cerca de la calle de Castilla. Estaba en su coche, detenida detrás de otro vehículo que se había parado en un semáforo en rojo. Al parecer, había empezado a grabar un mensaje de voz para Manu, cuando una furgoneta que había perdido los frenos embistió contra el vehículo por detrás. No fue un golpe muy fuerte, pero el coche de Clara golpeó contra el de delante y sufrió una segunda sacudida. No llevaba el cinturón de seguridad y el airbag falló. Esas dos fatalidades terminaron costándole la vida. Se golpeó contra el volante y quedó inconsciente.

Según supo Manu después, cuando llegó la ambulancia su madre ya había recuperado el conocimiento y aseguró que estaba bien. Apenas tenía una brecha en la frente. Sin embargo, en el hospital sufrió un desvanecimiento y al poco rato entró en coma. Unos segundos antes les había dicho a los médicos que quería ver a su hijo.

—A veces pienso que tuvo una premonición, como si supiera que iba a morirse. A lo mejor quería despedirse de mí. No lo sé.

Lo siguiente que recordaba Manu era el tanatorio, los amigos del instituto muy serios, algunos profesores. Su tío Esteban y su mujer, Bárbara, no se separaban de él ni un instante. Manu perdió la noción del tiempo. No sabía si era de día o de noche. Todos le decían palabras cariñosas y él no conseguía responder. De vez en cuando se apartaba de la gente y oía el mensaje que su madre le había dejado en el móvil. Ese era su único consuelo. Lo escuchó tantas veces que llegó un momento en que no necesitaba ponerlo para sentir la voz de su madre; la tenía dentro de su cabeza.

El sábado de madrugada —eso sí lo recordaba Manu—, su tío le dijo que había alguien que quería hablar con él. Se dejó llevar mansamente hasta el vestíbulo, sin hacer preguntas, y allí se le acercó un tipo que lo abrazó. No sabía quién era. No lo había visto jamás.

—Vestía una chupa muy vieja. Una pulsera de cuero. Me llamó la atención que llevara las gafas de sol dentro del tanatorio. Iba muy despeinado, como si acabara de levantarse de la cama. Y estaba con una mujer muy rara. Parecía que vinieran de una fiesta de carnaval. Eso fue lo que pensé. O de un manicomio.

«Hola, soy Jimi», saludó aquel tipo extravagante.

Manu lo miró de arriba abajo y no respondió. El tal Jimi parecía nervioso. Esteban observaba al chico como si esperase alguna reacción, alguna pregunta, pero Manu no se daba cuenta de nada.

«¿No sabes quién es?», le preguntó su tío con un tono amable en exceso.

«Soy tu padre, Manu».

El chico se quedó paralizado. Balbuceó algo ininteligible y se quedó mirando a aquel desconocido. Solo al cabo de unos segundos atinó a decir:

«Yo no tengo padre».

—No sé por qué lo hice. Me salió sin pensarlo. Lo solté así y Jimi se quitó las gafas de sol. La mujer que había a su lado lo agarró del brazo y tiró de él. No sé, fue una cosa muy rara.

—Era Rosa, supongo.

—Sí, pero yo no sabía cómo se llamaba.

«Deja descansar al chico», dijo Rosa. «Mañana estará mejor».

«No, mañana estaré mucho peor», respondió Manu.

Jimi se volvió hacia Esteban y le dijo:

«Yo creía que le habías contado…».

«Sí, claro que le he contado».

Jimi asintió y volvió a ponerse las gafas de sol.

Manu recordaba todo el velatorio y el entierro como el espectador que está viendo una película. Hasta que no estuvo en el cementerio no llegó a ser consciente realmente de que nunca volvería a ver a su madre. Ni siquiera había sido capaz de derramar una sola lágrima. Recordaba que de pronto alguien le había echado el brazo por encima del hombro, y por la cazadora y la pulsera advirtió que era Jimi. No sintió ninguna emoción, como si lo abrazara un desconocido. Lo primero que hizo Manu cuando se quedó a solas con Esteban fue preguntarle si estaba seguro de que aquel era realmente su padre.

«Sí, es tu padre, Manu. ¿Cómo iba a mentirte en una cosa así? Lo llamé por teléfono para darle la noticia».

Fue entonces cuando Esteban le confesó a su sobrino que Jimi y él no habían perdido el contacto del todo en aquellos años. Pero nunca quiso que Clara lo supiera. Todo lo que tenía que ver con Jimi la ponía muy furiosa.

La noche del domingo Manu durmió por primera vez en casa de sus tíos. A la hora de cenar se presentó Jimi. Iba solo. Seguramente Rosa se había quedado en el hotel.

«Me gustaría que vinieras a vivir con Rosa y conmigo a casa», propuso Jimi con voz temblorosa.

«¿Quién es Rosa?».

«Rosa es mi mujer. La conociste ayer en…».

«¿En el tanatorio?».

«Sí, eso».

«¿Y por qué se supone que debería irme a vivir con vosotros?».

«Porque es tu padre, Manu, es tu padre», intervino su tía Bárbara, tajante, brutal, sin delicadeza.

—Entonces me rayé. Se me fue la pinza. Empecé a gritar, a dar patadas a las sillas. Yo creo que rompí algún vaso o algo así. Me acuerdo del ruido de las cosas al caer al suelo y de la cara de ellos tres. Mis primos estaban en su cuarto. Los habían sacado de allí para que no oyeran nada. Luego me tranquilicé y todos se pusieron en plan paternalista, a decir que debía ser razonable y todo ese rollo. Mi tía era la que más insistía en que aquello era lo mejor para mí. Me informó de que mi padre vivía en Alicante, una ciudad muy bonita, con playa. Y a mí no me gusta la playa. Me pareció que todos se habían puesto en mi contra.

«¿Y qué pinto yo en Alicante. Mis amigos están aquí, mi instituto está aquí, yo quiero vivir aquí, en mi casa».

«Bueno, verás…», empezó a tartamudear Jimi.

«No hay nada que ver. No puedes aparecer ahora en mi vida, soltarme que eres mi padre y esperar que me quede tan fresco. ¿Dónde te has metido en los últimos años? ¿Dónde estabas? Ah, ya, en la cárcel, ¿verdad? Por eso no podías venir a verme».

Se hizo el silencio. Jimi estaba pálido. Se había puesto las gafas de sol y miraba a todas partes. Finalmente, afirmó con la voz ronca y rota:

«De eso ya hace mucho tiempo. Si no has sabido nada de mí hasta hoy es porque tu madre no me dejaba acercarme a ti».

«Pues sigue lejos de mí. No necesito un padre. He vivido muy bien sin ti hasta ahora y pienso seguir así».

—La verdad es que no sabía lo que decía. Tenía mucha rabia. No podía creer que no fuera a ver más a mi madre. Pensaba que estaba teniendo una pesadilla, pero por más que abría los ojos no conseguía despertarme.

LUNA

Si no me ves sonreír

—Tú tienes ahora dieciocho años, ¿verdad?

—Sí.

—Entonces, cuando Manu vino a vivir a vuestra casa, tú tenías diecisiete y, si no me equivoco, hacías 2.º de bachillerato.

—Sí, y por las tardes iba al conservatorio, como ahora.

—¿Qué instrumento tocas?

—El chelo.

—Y la guitarra, ¿no?

—Sí, eso también: acústica, eléctrica, española.

—¿Y qué te gusta más, la guitarra o el chelo?

—Ambos. Me gusta cualquier cosa que suene.

Luna creció rodeada de guitarras, amplificadores, micrófonos, teclados, mesas de sonido. Su madre, Rosa Winchester, tocaba desde los dieciocho años en una banda de *rock*. Cuando Luna nació, Rosa Winchester tenía veintitrés años y la niña viajó con el grupo en un coche-caravana viejo y destartalado cuyo motor petó un día después de un concierto en un pueblo de Soria. Había sido la casa de Rosa durante casi tres años. El grupo se llamaba Si No Te Gusta No Mires, y estaba integrado por tres chicas. Rosa Winchester era cantante solista y, además, tocaba la guitarra.

—Yo no me puedo acordar de todo eso porque era muy pequeña, pero mi madre lo cuenta de vez en cuando. Seguramente para convencerme de lo duro que fue aquello y no como ahora, que los jóvenes lo tenemos todo hecho. Eso suele decir cada dos por tres, ya sabes.

—Tú no has visto nunca a tu padre, ¿verdad?

—Ni falta que me hace. Tengo a Jimi.

—¿Y cuándo conociste a Jimi?

—Cuando tenía yo cinco.

—Creo que tú siempre supiste que Jimi tenía un hijo más o menos de tu edad.

—Siempre no. No hace tanto tiempo que me enteré de eso: tres o cuatro años. Pero yo no conocí a Manu hasta que pasó lo de su madre.

—¿Tú sabías del pasado de Jimi?

—¿Te estás refiriendo a lo de las pastillas, la cárcel y todo eso?

—Sí.

—Pues claro. Jimi y yo siempre hemos hablado de todo. En realidad, hablo con él más que con mi madre, porque ella y yo chocamos mucho. Sin embargo, se le pasó contarme el detallito de que tenía un hijo. Estoy siendo irónica, perdona.

—Háblame de tu madre.

—¿Qué quieres que te explique?

—Me parece que es una mujer especial.

—¿Qué quieres decir?

—Que no es como la mayoría de las madres.

—Ah, no, no, obviamente. Ja, ja, ja. Mi madre es única. Ja, ja, ja. Y yo también. Ja, ja, ja. Es broma.

A los cinco años Luna empezó a darse cuenta de que las madres de sus amigas del colegio no eran como la suya. Fue un descubrimiento progresivo y en algún momento traumático. Como su madre se pasaba la mayor parte del año viajando, Luna vivía con sus abuelos durante el curso escolar. Los abuelos la criaron como a su propia hija. Luna recordaba aquellos años con sus abuelos como si hubiera vivido en un paraíso.

—Me mimaban mucho. La verdad es que me malcriaron. Pero yo era feliz.

El abuelo —todo el mundo le llamaba don Cosme— era profesor en el conservatorio de Alicante. Había tocado el chelo en una orquesta, en su juventud, hasta que sacó la plaza de profesor y se estableció en la ciudad. La abuela tocaba el piano. Ella era la que llevaba a Luna al colegio cada día en aquellas temporadas en que Rosa Winchester estaba fuera.

—Yo no sabía que mi madre y mis abuelos se llevaban fatal. Era demasiado pequeña para darme cuenta de esas cosas.

La primera vez que recordaba haber sido consciente de que su madre no era como las demás fue un día en que acudió a recogerla al colegio. Nunca antes lo había hecho. De pronto, vio como las otras madres se volvían para mirar a Rosa Winchester, con sus botas de plataforma imposible, medias de rejilla fucsia eléctrico, pelo color zanahoria, cazadora de cuero, muñequera con clavos, pendientes enormes. Ese mismo día, Rosa le dijo a su hija que ya no iba a viajar más y que por fin podrían vivir juntas. Para Luna, alejarse de sus abuelos fue traumático.

—Lo pasé muy mal cuando me separé de ellos. Yo quería a mis abuelos como si fueran mis padres. Y no entendía lo que estaba pasando. Lloraba a todas horas. Un día mi abuela vino a casa y me aseguró que ellos siempre estarían ahí y que podría verlos cuando quisiera. Pero no fue así.

La abuela de Luna murió a los pocos meses de que la niña se fuera a vivir definitivamente con Rosa. Luna se enteró mucho más tarde, porque le ocultaron la noticia para que no sufriera. Fue una enfermedad fulminante: un cáncer de páncreas que resultó imposible atajar. Don Cosme estaba convencido, y así se lo dijo a su hija, de que el disgusto por separarse de su nieta había precipitado la enfermedad. Nadie pudo convencerlo de que no había ninguna relación entre ambas cosas.

—Desde entonces, mi abuelo y mi madre rompieron todo contacto entre ellos. Y no es que se llevaran precisamente bien hasta ese momento, pero es que desde que murió mi abuela dejaron de hablarse y todo eso. Ya sabes a lo que me refiero.

—Sí. Pero, según tengo entendido, tú no dejaste de ver a tu abuelo.

—Bueno, al principio sí. Mi madre no quería ni que hablara de él. Y luego todo fue muy raro, aunque yo terminé viéndolo como si fuera algo normal.

—¿Por qué dices que fue muy raro?

Luna, con seis años, empezó a aborrecer el colegio. No quería ir. Se negaba rotundamente. Cuando su madre o Jimi la despertaban por la mañana, ella se metía debajo de las sábanas y no quería salir. Lloraba, pataleaba, gritaba cuando le insistían. Lo que ocurría en realidad era que se avergonzaba de su madre; así de sencillo y cruel. Cuando llegaban a la puerta del cole, ella se daba cuenta de que la gente murmuraba y hacía comentarios entre risitas y miradas. Además, los compañeros de clase se burlaban de Rosa, la llamaban bruja y otras cosas que a la niña le dolían profundamente. Ese era el motivo de que Luna odiara el colegio. Su madre y el propio Jimi trataron de convencerla, pero Luna no entraba en razón. Tampoco la situación cambió cuando fue Jimi quien empezó a llevarla al colegio. Su aspecto de *rockero* algo pasado de moda también despertaba risitas y murmuraciones. Luna quería que fuera su abuela la que la llevara al colegio. Ella aún no sabía que había muerto.

—Al final fue Jimi el que encontró la solución. Mi madre es un poco atacada y muy cabezota. Pocas veces da su brazo a torcer. No le digas que te lo he dicho yo, pero es la pura verdad. Jimi es de otra manera.

—¿Cuál fue la solución de Jimi?

Jimi fue a hablar con don Cosme y le contó el problema directamente, sin rodeos ni dramatismo. Era la primera vez que hablaban. En contra de lo que Rosa pensaba, su padre reaccionó bien y aceptó la propuesta de Jimi. Lo que él pretendía era que don Cosme recogiera a la niña cada mañana en casa para acercarla al colegio. Luego sería el propio Jimi quien la iría a buscar por la tarde. Pero don Cosme puso sus propias condiciones: recogerla también a la salida del colegio y llevarla a su casa para estar con su nieta más tiempo. Jimi podría ir a por la niña más tarde. Hubo un tira y afloja hasta que Jimi aceptó.

—Ahora, cuando lo pienso, me doy cuenta de que era una cosa un poco extraña, pero entonces no sabía lo que estaba pasando. Ya te digo que ignoraba la mala relación de mi madre con mi abuelo.

Don Cosme llegaba puntual a casa de su nieta cada mañana y esperaba en la puerta sin tocar al timbre. Al rato, siempre con la hora pasada, bajaba Jimi con la niña y se la entregaba a su abuelo. Don Cosme se quejaba de la falta de puntualidad y Jimi prometía que no volvería a pasar. Luego, don Cosme la llevaba al colegio y regresaba por la tarde a por ella. Marchaban los dos a casa del abuelo hasta que Jimi iba a recogerla.

—Fue entonces cuando me enteré de que mi abuela había muerto. Bueno, mi abuelo me dijo exactamente que se había ido al cielo, y yo pensé que se había ido de viaje o algo así. Y cuando pasó un tiempo, mucho tiempo, ya entendí lo que había pasado y que mi abuela no volvería nunca.

A Luna le fascinaba la casa de don Cosme. Parecía un museo de antigüedades. Sobre todo, de instrumentos musicales. Cuando don Cosme se jubiló, comenzó a comprar instrumentos antiguos, de cierto valor, y llenó la casa con ellos. A Luna le gustaba especialmente un violonchelo. Seguramente la atraía tanto porque era casi del mismo tamaño que ella.

—Yo veía el chelo como si fuera una muñeca gigante. Me gustaba imaginar cosas así. Al principio mi abuelo no me dejaba acercarme a él, porque me ponía a pellizcar las cuerdas y a jugar con el arco en cuanto se daba la vuelta.

Era un chelo muy antiguo y de mucho valor. Sin embargo, don Cosme terminó permitiendo que fuera el juguete de su nieta. Y así fue como empezó a enseñarle a coger el arco y acariciar las cuerdas con él. Más tarde le mostró cómo debía colocar los dedos sobre el diapasón, y a Luna le entusiasmó aquello.

Un día, sin que Rosa Winchester se enterase, la matriculó en el conservatorio. Cuando ella lo supo, puso el grito en el cielo y decidió que Luna no vería más a su abuelo. Fue una reacción desproporcionada, en opinión de Luna. Sin embargo, la niña siguió asistiendo a las clases en el conservatorio.

—Fue Jimi quien convenció a mi madre. Le dijo que la música clásica no podía hacerme daño. Mi madre no veía más allá del *rock*. Bueno, y sigue siendo así. Y el caso es que ella también estudió en el conservatorio, hasta que se rebeló y ya no quiso saber nada de la música clásica. Pero yo sé que a veces pone discos de Schubert. Sí, lo hace a escondidas, cuando no estoy en casa. La he pillado un par de veces. Y le da mucha rabia cuando se lo digo. Mi madre es así y no va a cambiar nunca.

Como reacción a que Luna fuera al conservatorio, su madre le regaló una de sus guitarras y empezó a enseñarle los primeros acordes. Y la niña se entusiasmó tanto como con el chelo.

—Todavía me acuerdo de la primera canción que aprendí a tocar a los seis o siete años.

—¿Cuál era?

—*Maneras de vivir.*

Rosa Winchester y su padre no volvieron a tener ningún tipo de contacto: ni se veían, ni se hablaban.

Luna se sentía en medio de un campo de batalla en el que hacía tiempo que se había firmado el alto el fuego, pero no la paz. Su vida era ordenada y disciplinada cuando estaba con su abuelo, y algo más caótica, pero también divertida, cuando se encontraba con su madre y con Jimi.

—Y si tuvieras que elegir entre la música clásica y el *rock,* ¿con cuál te quedarías?

—Con los dos, por supuesto. Nunca me han obligado a elegir.

Rosa Winchester

Es simplemente despiste

—¿De dónde sacaste tu nombre artístico?

—¿Winchester? De una película que me encantaba cuando era niña: *Winchester '73*. La vi cientos de veces. Bueno, a lo mejor no tantas, pero muchas sí. ¿La has visto?

—Claro, con James Stewart. ¿Te gustaban las películas del Oeste?

—Y me siguen gustando. Sobre todo aquellas en blanco y negro que apenas se ven ya hoy. A mí es que me fascinaban cosas un pelín raras para una niña de aquella época: el *western*, el *hockey* sobre patines, los Madelman y esas cosas que se suponía que solo podían interesarles a los chicos.

—Como las guitarras eléctricas.

—Por supuesto. Menuda tontería que esas cosas no puedan ser para chicas.

—¿Cómo empezó tu afición a la guitarra eléctrica? Porque tú a los siete años estudiabas piano en el conservatorio.

—Ya te digo. Piano y solfeo dos días por semana. Y luego no sé cuántas horas en casa, con mi padre vigilándome para que no me distrajera. Porque yo me distraigo si pasa una mosca. Pero parecía que, por ser hija de un profesor de música, debía sentir pasión por la clásica.

—Y sospecho que no era así.

—No del todo. A mí a esa edad me gustaba llevar la contraria en todo. Y todavía me pasa un poco, pero ya me he vuelto más…, digamos, razonable, no creas. El tiempo te baja mucho los humos.

Cuando Rosa tenía doce años, ya estaba catalogada en el instituto como «niña rebelde». Aquella etiqueta la acompañó durante la mayor parte de su vida y ella misma llegó a creérselo. A los quince años Rosa empezó a vestir prendas estrafalarias, a teñirse el pelo y a hacerse peinados que en aquella época aún resultaban más que llamativos y provocaban comentarios y risitas. Otras veces daba un cambio radical a su aspecto y se rapaba la cabeza. Jugaba al fútbol con los chicos, era mejor que ellos en los futbolines, corría más que ninguno y cantaba cosas que a algunos les parecían provocativas. Eran canciones que ella misma componía. Además, estaba enamorada del hermano mayor de Mónica, su mejor amiga, habría que precisar.

—Se llamaba Jorge y estaba tan colada por él que empecé a aficionarme al *rock* solo porque a él le gustaba. Bueno, él era más de *rock and roll* tipo años 50. Pero por algún sitio se empieza.

Jorge tenía una guitarra eléctrica y se juntaba con los amigos del instituto para hacer versiones de Elvis y de Jerry Lee Lewis. Y por aquella época Rosa pasaba más tiempo en casa de su amiga Mónica que en su propia casa. Muchas tardes estudiaban juntas y Rosa siempre tenía la esperanza de ver a Jorge, aunque fuera un par de minutos. Con eso se conformaba.

—Yo era tonta. Pero es que cuando una se enamora se vuelve tonta, da igual la edad que tengas.

Una tarde en que Jorge no estaba en casa, Rosa y Mónica se colaron en la habitación del chico y cogieron la guitarra eléctrica. Fue una experiencia que las marcó a las dos para siempre. Aunque no consiguieron sacarle un solo sonido decente, les pareció que aquel ruido era algo mágico. En mitad de aquella experiencia casi mística, las sorprendió Jorge. Y en vez de enfadarse porque habían invadido la intimidad de su cuarto, aplaudió con entusiasmo. Rosa se quedó paralizada, *taquicárdica,* sin habla; se le nubló la vista ante la presencia de Jorge y estuvo a punto de desmayarse, según sus propias palabras.

«Pues lo haces muy bien, Rosita». Nadie se atrevía a llamarla Rosita, aparte de su padre y Jorge. «¿Quieres que te enseñe a tocarla?».

Rosa asintió con la cabeza porque la voz no le salía de la garganta. Sintió que la cara le ardía y le temblaba todo el cuerpo. Desde aquel día, cuando iba a casa de Mónica y terminaban de estudiar, Jorge les daba a las dos algunas clases improvisadas.

—Fíjate que parece una tontería, pero desde entonces la vida de Mónica y la mía corrieron paralelas y siempre con la música en medio de las dos. Con el tiempo, Mónica y yo formamos nuestro primer grupo, Si No Te Gusta No Mires, y estuvimos quemando millas un montón de años. Bueno, con Mónica y con Cristina, que murió en un accidente de tráfico hace unos cuantos años ya.

—Supongo que en aquella época no sería fácil que un grupo de chicas se abriera paso en el mundillo del *rock.*

—No era fácil entonces y no lo es ahora. Hay mucho machismo, ya sabes, como en casi todo.

El primer obstáculo que tuvo que vencer Rosa fueron sus padres. Especialmente don Cosme, que puso el grito en el cielo cuando su hija le dijo que no iba a seguir estudiando en el conservatorio. Su padre le propuso, a la desesperada, cambiar de instrumento, y ella le respondió que sí, que iba a cambiar a la guitarra eléctrica. Aquella decisión se vivió en su casa como un drama; el primero de muchos dramas que se prolongaron a lo largo de los años.

—La relación con mi padre fue siempre muy mala, pero en la adolescencia fue de lo peor. Saltaban chispas entre los dos.

—¿Con tu madre también?

—No tanto. Ella trataba de poner paz entre nosotros y se llevaba muchos palos que no se merecía, la pobre. Pero mi padre era tremendo. No tiene nada que ver con el ancianito que tú has conocido ahora, por mucho genio que le siga quedando. Y yo tampoco soy un angelito, aunque me veas así tan mansa y tan tranquila ahora mismo.

En cuanto cumplió dieciocho años, Rosa montó su banda de *rock* y se marchó de casa. Los comienzos fueron muy duros. Cuando lo recordaba, había momentos en que la emoción le impedía seguir hablando. Estuvo tentada muchas veces a volver al refugio de los padres, pero su orgullo siempre podía más. Había meses en que no tenía dinero para pagar el alquiler del piso en el que vivía con Mónica y Cristina. Jorge las ayudó al principio, hasta que se echó novia y Rosa sufrió el mayor desengaño que había tenido hasta ese momento. Luego vendrían muchos más con el paso de los años.

—Nunca he llorado tanto como cuando Mónica me dijo que su hermano se iba a casar. Y eso que entre Jorge y yo no llegó a pasar apenas nada: unos picos y esas cosas alguna vez que él estaba con la guardia baja. Pero nunca llegó a estar enamorado de mí. Ahora lo veo de vez en cuando y me da risa acordarme de todo aquello.

—¿Por qué te da risa?

—Si lo vieras, me entenderías. Está gordo como un oso, sin pelo. Feísimo, con lo guapo que era antes. Trabaja en un banco y le gusta la música tecno. ¿Te imaginas?

—¿Y eso es malo?

—Para un *rockero* es la peor traición. Además, que no, que no me pone nada.

—Volvamos a tus comienzos en la música.

Fueron años difíciles y duros, a pesar de que hacía lo que le gustaba. Se quedó embarazada con veintidós años y enseguida se dio cuenta de que no quería pasar el resto de su vida con aquel tipo que resultó ser una cosa muy distinta a lo que ella había creído. Fue complicado salir adelante con un bebé y sin ayuda, al principio, para compaginar la música con la atención que necesitaba Luna.

—Por eso acudí a mis padres, porque no quería renunciar a ninguna de las dos cosas.

—Sí, esa parte de la historia la sé. Lo que me gustaría ahora es que me contaras cómo conociste a Jimi y todo lo que vino después.

—¿Cómo conocí a Jimi? Eso sí que da para una novela.

—Bueno, esto va a ser al final una novela. O, al menos, lo voy a intentar.

—Jimi fue el amor de mi vida incluso antes de conocerlo en persona.

Cuando Rosa hablaba de Jimi se le iluminaba el rostro, y una sonrisa con forma de media luna aparecía en su cara. La primera vez que asistió a un concierto de Samarkanda fue en Oviedo, un verano en que ella estaba tocando con su grupo por el norte y actuaron en varios pueblos de Asturias. Quedó cautivada desde el primer momento en que vio a Jimi sobre el escenario, con aquella voz que hipnotizaba y aquel físico tan particular. Fue un amor a primera vista. Después del concierto, Rosa, Mónica y Cristina se presentaron en el camerino para pedir autógrafos a los músicos y hacerse una foto con ellos. Rosa recordaba que Jimi fue el menos expresivo del grupo, el más callado. Según ella, estaba como ausente, con el pensamiento en otra parte. No obstante, se mostró correcto con las tres colegas de profesión y, aunque sin mucho entusiasmo, accedió a firmar y a fotografiarse. Incluso terminó echándose unas risas con las tres.

Esa noche quedó atrapada en Jimi para siempre, a pesar de que no volvió a verlo hasta mucho tiempo después. Compró todos los discos de Samarkanda, los escuchó hasta dejarlos inservibles y aprendió a tocar cada una de las canciones del grupo. Cada vez que leía una noticia de Jimi o de Samarkanda en la prensa, recortaba el artículo y lo pegaba en un álbum del que nunca se separaba, ni siquiera cuando iba de gira.

Años después, cuando nadie hablaba ya de Samarkanda, Rosa Winchester leyó la noticia de la detención de Jimi en Altea. Sintió que algo se le rompía por dentro. Investigó todo lo que pudo y consiguió conocer los detalles de aquel suceso terrible. Jimi vivía desde hacía tiempo en Altea, olvidado del público y apartado de la música. Le cayeron varios años de cárcel y cumplió condena en la prisión de Fontcalent, en Alicante. Rosa Winchester se armó de valor y decidió escribirle a la prisión.

—Le estuve escribiendo durante un año y nunca me respondió. Qué locura. Eso es ser persistente, ¿no?

—¿Le confesaste en tus cartas que estabas enamorada de él?

—Quita, quita, claro que no. Me habría muerto de vergüenza. Le comentaba lo típico: que lo admiraba, que tenía todos sus discos y esas cosas que dicen las fans ñoñas a sus ídolos. Supongo que recibiría muchas cartas estúpidas como la mía.

—¿Y qué pasó al cabo de un año? Imagino que no desistirías tan fácilmente.

—No, no. Al año o así me llegó una carta de Jimi y pensé que me moría cuando la tuve en las manos.

Rosa Winchester no se dejó abatir por el desánimo al no recibir respuesta de Jimi. Siguió escribiéndole más o menos una vez al mes. Y poco a poco fue contándole cosas más personales. Le habló de su hija Luna, de Si No Te Gusta No Mires... Y finalmente le envió una de las fotografías que se había hecho con los miembros de

Samarkanda en Oviedo aquella noche que, para Rosa, era mítica. Y una semana después recibió una carta de Jimi en la que le decía que se acordaba de aquel concierto y de la visita que recibieron en el camerino. Rosa lloró de felicidad.

—No podía creer que se acordara de mí.

A partir de ese momento, todas las cartas de Rosa tuvieron respuesta, aunque con cierto retraso. Jimi era perezoso para escribir; en sus cartas confesaba que no se le daba bien más allá de las letras de las canciones. Un año después, Rosa le hizo saber que le gustaría mucho visitarlo en prisión. La respuesta tardó en llegar, hasta que al fin Jimi le contestó. Le aseguró que se iba a llevar una gran decepción al verlo, pero que, si realmente quería ir a la cárcel, él estaría encantado de hablar con ella. Y así fue como concertaron la primera visita.

—Jamás he estado más nerviosa en mi vida. Me temblaba hasta la lengua, y no te exagero. Cuando apareció por la puerta al lado de un funcionario, tuve que apoyarme en la pared para no caerme.

—¿Tanto?

—Sí, tanto, tanto. No te exagero. Me pareció el hombre más guapo del mundo. Y mira que Jimi es feo de narices, para qué te voy a engañar. Pues a mí me pareció bellísimo; aunque, si intento ser imparcial, tendría que reconocer que estaba muy estropeado, envejecido, con muchas canas ya. Pero yo todo eso no lo veía en ese momento. El amor es ciego. ¿No dicen eso?

—¿Y cómo reaccionó Jimi?

A aquellas alturas de su vida, Jimi era un hombre derrotado. Su mirada era triste, no sentía interés por nada ni por nadie. Hablaba con desgana, a pesar de que de vez en cuando sonreía, o hacía esfuerzos por sonreír cuando Rosa le contaba alocadamente cosas sobre su vida, sus viajes y los conciertos con Mónica y Cristina.

—Salí muy desanimada de aquella visita. Me pareció que Jimi había pasado olímpicamente de mí. Fue decepcionante. Me arrepentí un montón de haber ido a verlo a la cárcel. Sentía que había hecho el ridículo. Pero me equivoqué.

Días después, Rosa recibió una carta de Jimi en la que le confesaba que su visita lo había hecho feliz. Sus palabras eran amables y cariñosas. Rosa volvió a recuperar la esperanza y le propuso una segunda visita. Jimi le contestó que le encantaría.

—Estuve yendo a la cárcel más de dos años, cada mes. Esos días eran los más felices para mí. Tanto como cuando me subía al escenario. Le llevaba fotos de Luna y le contaba mi vida y mis inseguridades como si nos conociéramos de siempre. ¡Era tan fácil contarle las cosas a Jimi! Es un tío que sabe escuchar, y de esos hay pocos por el mundo.

Sin embargo, a Jimi no se le daba bien hablar de su vida ni de su pasado. Era como si quisiera enterrarlo. Tardó más de un año en contarle a Rosa sus problemas con el alcohol y las pastillas. Y mucho más en explicarle con detalle por qué había ido a la cárcel. Cuando lo hizo, le confesó a Rosa que se había sentido aliviado al sincerarse con ella. Luego le habló de Manu.

—Creo que aquello era lo que más le dolía de su pasado. Hacía muchos años que no veía a su hijo. Era una historia muy chunga; me refiero a la de Jimi con su ex. Pero creo que se sentía bien cada vez que me hablaba del asunto. Al principio yo no me atrevía a darle ningún consejo, hasta que empecé a decirle lo que opinaba. Al fin y al cabo soy madre y sé de lo que hablo. No me imagino cómo podría ser mi vida si no pudiera ver a Luna.

Al cabo del tiempo, a Jimi le concedieron el tercer grado. El día en que estrenó su libertad, Rosa Winchester se hallaba en la puerta de la prisión esperándolo. Se abrazaron y lloraron durante tanto tiempo que, cuando se separaron, estaban empapados en lágrimas. Ese mismo día Jimi conoció a Luna.

—Fíjate, me emociono al acordarme de ese momento. Qué tonta soy.

—No me parece que seas tonta por emocionarte.

—Es que a veces voy de dura por la vida, y no lo soy tanto.

Durante un tiempo Jimi tuvo que volver a prisión todas las noches. Rosa lo llevaba en su moto hasta Fontcalent y lo recogía de nuevo todas las mañanas. Cuando se despedían por la noche era como si no fueran a verse ya más. Y cuando se encontraban por las mañanas parecía que no se habían visto en años.

—En cuanto a Jimi le dieron la libertad definitiva, le pedí que se casara conmigo y dijo que sí. No se lo pensó ni un segundo. Me respondió un sí tan rotundo que no tuve ninguna duda de que lo estaba deseando tanto como yo. Luego me confesó que le había fastidiado que me adelantase para pedirme que nos casáramos. Y, claro, le reproché que era un machista asqueroso. Pero todo de muy buen rollo.

Jimi

Maneras de vivir

—Jimi, por Jimi Hendrix, ¿verdad?

—Por supuesto, Hendrix, el guitarrista más grande de todos los tiempos. No lo dudes ni un segundo. Y que me perdonen todos los demás.

—¿Cuál es tu nombre auténtico?

—Si quieres que te diga la verdad, ya ni me acuerdo. Es broma. Anselmo, Anselmo, mis viejos me pusieron Anselmo. Pero siempre he pensado que es muy difícil triunfar en un escenario si te llamas Anselmo, ¿no? Con ese nombre solo puedes ser director de banco. Seguro que algún Anselmo se mosqueará si escribes esto en tu libro. Bueno, tú ya verás lo que haces.

—¿Cuándo empezó tu interés por el *rock*?

Anselmo, esto es, Jimi, tenía quince años cuando escuchó por primera vez un disco de Jimi Hendrix. Muchos años después, delante del micrófono de una sala de grabación, Jimi había de recordar aquella tarde remota en que oyó por primera vez a Jimi Hendrix en el tocadiscos que le acababa de regalar a Verónica, una novieta del instituto. Desde ese momento supo que quería dedicarse el resto de su vida al *rock*. Sin embargo, aquella decisión le iba a costar muchos disgustos con su familia.

Abandonó los estudios sin decirlo en casa y se puso a trabajar en una tienda de discos donde se ocupaba de catalogar y ordenar todo lo que llegaba. Sus padres se enteraron ya muy tarde de que llevaba dos meses sin ir a clase. Y lo supieron el día en que Jimi se compró una guitarra eléctrica con amplificador y les contó que quería ser músico.

Fue autodidacta. Aprendió a tocar la guitarra observando a los demás e imitándolos. Vivió una época loca, según sus propias palabras, hasta que cumplió los dieciocho años y se hartó de las broncas con sus padres. Se marchó de casa y comenzó a ganarse la vida tocando en las calles y en el metro de Madrid, dependiendo de que hiciera buen o mal tiempo. Luego tuvo que cumplir el servicio militar y allí conoció al Pistones, un loco por el *rock* como él, con el que empezó a planear lo que luego sería Samarkanda. El Pistones era un virtuoso de la guitarra, y Jimi tenía facilidad para componer canciones. Formaban la pareja perfecta.

Después de la mili decidieron viajar a Londres con el poco dinero que habían conseguido ahorrar. Querían visitar el hotel Samarkand, en Notting Hill, un santuario para los seguidores de Jimi Hendrix. Pasaron casi un año en Londres y cada día, sin faltar uno solo, se sentaban un par de horas ante la fachada del hotel en el que había muerto Jimi Hendrix en 1970. Allí fue donde decidieron el nombre del grupo que algún día formarían.

Fue un año duro. Tuvieron que trabajar fregando platos, descargando camiones y tocando los fines de semana en el metro. Con frecuencia habían de esconderse de la policía para no ser expulsados del país. Cuando regresaron a España, sin dinero pero con muchas ganas de hacer cosas, conocieron a Javier el Risas, que tocaba la batería y llevaba el ritmo y la percusión en la sangre.

—Ahí comenzó todo. Los buenos tiempos. A lo grande. La suerte nos sonreía. Está feo que lo diga yo, pero las canciones me salían de la cabeza con la misma facilidad que los pensamientos. Y todo empezó a rodar. Demasiado deprisa, creo.

—Esos fueron los años dorados, pero a mí me interesa lo que vino después.

—Una mierda, tío. No sé decirlo de otra manera.

—¿Cómo empezaste con las pastillas?

Cuando Jimi hablaba de ese asunto, su mirada se apagaba e incluso le temblaba la voz. Lo relataba en susurros, como si temiera que alguien nos oyera.

Un día, cuando el grupo estaba en lo más alto de su popularidad, Jimi sintió una extraña sensación en la mano derecha cuando fue a tocar el primer acorde en un concierto.

—Noté la mano rara. No sé cómo explicarlo.

Lo que le ocurrió a Jimi fue que los músculos de los dedos índice y corazón se empezaron a contraer. Intentó salir del paso como pudo, pero fue muy desagradable. Al terminar el concierto no se lo contó a nadie. Pero volvió a sucederle en el siguiente concierto, y en el siguiente. Finalmente, decidió acudir al médico en secreto.

Resultó que lo que a Jimi le estaba pasando tenía un nombre: síndrome distónico o distonía focal. Consiste en un movimiento involuntario que provoca la contracción de los músculos y afecta no solo a las manos de guitarristas y pianistas, sino incluso a los labios de instrumentistas de viento. También a escribientes, relojeros, taquígrafos y costureras. Pero hasta hace unos años, los músicos que lo padecían lo ocultaban por miedo al rechazo y la desconfianza de sus compañeros.

Al parecer, el primer distónico conocido fue el pianista Robert Schuman, que lo dejó escrito en su diario en 1830. Schuman tuvo que renunciar a tocar el piano, pero se convirtió en un gran compositor. Luego, en la década de los 80 del siglo XX, gracias a los pianistas Leon Fleisher y Gary Graffman, que también lo padecieron, se fue conociendo mejor este trastorno, pues hasta entonces había sido un tabú entre los músicos.

—Me hicieron un montón de pruebas. Los tendones estaban bien, no había ninguna lesión. Le pregunté entonces al médico si tenía algún tratamiento y me respondió: «Ninguno». Me dieron ganas de morirme.

No hay muchas investigaciones sobre el síndrome distónico. Y las que hay son a veces contradictorias. Unos piensan que es un trastorno psicológico o psiquiátrico; otros aseguran que es neurológico. Al parecer, la parte cerebral de los movimientos automáticos empieza a organizarse de otro modo y no funciona como se esperaría.

Uno de los muchos especialistas que trataron a Jimi le explicó que seguramente le ocurría aquello por cuestiones emocionales. El músico sufre un cuadro de miedo o estrés y el cuerpo reacciona. Su origen podría estar en el pánico escénico. Es una dolencia propia de perfeccionistas. Dicen que el uno por ciento de los músicos sufre este síndrome.

Además de las contracciones de los músculos, Jimi comenzó a sufrir dolores cervicales, tensión y jaquecas. Y así inauguró su terrible carrera con las pastillas. Le recetaron lorazepam. Luego, otros ansiolíticos y opiáceos. Al principio los síntomas remitieron ligeramente, aunque la contracción no desaparecía del todo. Después, cuando no sentía el efecto de las pastillas, Jimi aumentó las dosis poco a poco, cada vez más, y se automedicaba. Le mintió al médico.

Un día comprobó que, si mezclaba el alcohol con las pastillas, la relajación era mayor. Para cuando se dio cuenta, ya no era capaz de subir sobrio al escenario. Los otros miembros del grupo no tardaron en descubrir lo que le pasaba a Jimi. Y empezaron las discusiones, las broncas.

Enseguida llegó la decadencia del grupo. Jimi salía ciego al escenario y a veces se encaraba con el público. Lo movía la rabia, la impotencia por no poder controlar sus dedos. Llegaba tarde a los ensayos, luego a los conciertos. Tuvieron que suspender algunas actuaciones porque Jimi estaba tirado en el hotel y no podía moverse.

—Una mierda, tío, ya te digo.

—¿Fue por esa época cuando conociste a Clara?

—Sí, por ahí fue. Llegó justo cuando yo estaba tocando fondo. Y cometimos el error de enamorarnos.

Clara estudiaba en la universidad cuando conoció a Jimi. Su padre era médico y ella quería serlo también. Pero se cruzó Jimi en su camino, o viceversa. Tenía veintiún años y ganas de comerse el mundo. Era guapa, rebelde, llena de vida. Una noche entró en un garito de Malasaña con unos amigos. Allí estaba, sobre un escenario demasiado pequeño, Jimi con el grupo Samarkanda. Hacía tiempo que no daban conciertos multitudinarios. Intercambiaron unas miradas cómplices. Jimi le dedicó una canción «a la chica del pañuelo rojo». Luego, cuando terminó la actuación, Jimi se acercó a ella y la invitó a tomar una cerveza. El resto fue una bonita historia de amor que no acabó bien.

Clara se quedó enganchada emocionalmente a Jimi. Lo siguió a cada uno de los garitos en los que tocó en los meses siguientes. Después de cada actuación se marchaban juntos y ella regresaba a casa al amanecer. Clara descuidó los estudios, y las actuaciones de Samarkanda empezaron a escasear. La mala fama de Jimi lo precedía. Sus broncas con los otros músicos y las suspensiones a última hora se hicieron célebres en el circuito de los conciertos. Nadie quería contratarlos.

Todo comenzó a salir mal y los fracasos se fueron encadenando. Después de haber estado en lo más alto, no supieron aceptar la caída. El Pistones abandonó el grupo tras una discusión con Jimi, y tardaron mucho tiempo en encontrar a otro bajista.

Y un día, Clara le dijo a Jimi que estaba embarazada.

—Eso fue una sorpresa de las grandes. Y eso que no sé por qué me sorprendí tanto. Era algo que podía pasar antes o después. Los dos lo sabíamos. Yo estaba enamorado de ella. Y ella también, claro. Sin embargo, hay cosas a las que ningún amor puede sobrevivir. La culpa fue mía, esa es la verdad.

Jimi y Clara se juraron amor eterno, e hicieron planes de boda que nunca se cumplieron. Y, cuando Manu nació, todo se torció entre ellos.

—Por aquella época yo estaba desquiciado. Me levantaba pensando en los ansiolíticos y en beber algo para calmar la ansiedad. Estaba todo el tiempo alterado, excepto cuando me tomaba las pastillas y un par de cervezas. Pero el efecto duraba cada vez menos y tenía que volver a tomar. Ella vino a vivir a mi casa y, claro, aquello no podía funcionar.

Las actuaciones escaseaban. El dinero escaseaba. Clara rompió con su familia cuando decidió irse a vivir con Jimi. El único que la apoyó fue su hermano, que la visitaba de vez en cuando e incluso la ayudaba cuando tenía apuros de dinero.

La forma de vida de Jimi no contribuyó en absoluto a que la convivencia resultara fluida y fácil. Llegaba a casa de madrugada y se levantaba a media tarde. Compraba ansiolíticos en el mercado negro, pues ningún médico podía recetarle la cantidad que él consumía. Se tuvieron que mudar a un cuchitril en malas condiciones, pequeño y oscuro, lo único que se podían permitir con el poco dinero que ganaba Jimi.

—Entonces aparecieron los celos y la desconfianza. Ella pensaba que yo tenía una tía por ahí y que por eso volvía tan tarde a casa, o a veces no lo hacía hasta el día siguiente. No era verdad, pero no había manera de convencerla. Todo le parecía mal: el desorden, la suciedad de aquel tugurio en donde vivíamos. Y tenía toda la razón del mundo, por supuesto. Pero yo entonces no me daba cuenta del caos en que vivía, ni de nada.

Jimi empezó a pasar días enteros fuera de casa. Clara lo esperaba asomada a la ventana. No podía salir a buscar trabajo porque Manu era demasiado pequeño y Jimi no estaba allí para quedarse con el niño. Un día, desbordada por la situación, regresó con sus padres, que la acogieron con los brazos abiertos. Su vida durante el año en que había vivido con Jimi había sido un infierno.

—Cuando llegué y me encontré la casa vacía, se me fue la olla. Ni siquiera se me ocurrió que hubiera vuelto con sus padres. No me cogía el teléfono. La busqué por todas partes, hasta que su hermano me contó dónde estaba. Yo me llevaba muy bien con su hermano. A veces pienso que mucho mejor que con ella.

Jimi se presentó finalmente en casa de Clara y pidió ver al niño. Las imágenes de lo que sucedió en aquella ocasión estaban confusas en la memoria de Jimi después de tantos años.

—El alcohol, el maldito alcohol y las pastillas, todo junto. Eso era una bomba. Me acuerdo vagamente de que me puse a gritar como un loco. Y luego empecé a dar patadas a la puerta de la casa. Lo siguiente que recuerdo es la policía abalanzándose sobre mí. Me tiraron al suelo y me inmovilizaron. Yo chillaba, y eso no facilitaba las cosas. Al contrario. Estuve setenta y dos horas en el calabozo de una comisaría hasta que un juez me dejó en libertad con cargos. La cagué. Me acuerdo de aquel mal rollo y todavía se me ponen los pelos de punta. Es como si ese no fuera yo. Y creo que es verdad, no era yo.

—Eso forma parte del pasado.

—Sí, por suerte. Ahora estoy limpio totalmente. Hace doce años que dejé las pastillas. Y no he probado ni una gota de alcohol en ese tiempo. Ni un chupito, ni una cerveza, nada. Limpio, ya te digo. Fue como un milagro.

Un milagro con nombre, por supuesto. Se llama Rosa, ya me entiendes, Rosa Winchester. Tengo que decirlo así de claro. Ella me ayudó mucho.

—¿Y después de aquello no volviste a ver a Manu?

—Nunca. Cuando maté a aquel tipo, tiré mi vida por la borda. Los años en la cárcel fueron muy duros. Yo le escribía a Clara casi todos los días. Pero ella nunca me contestó. Y entiendo que no lo hiciera. El que se portó fetén fue su hermano. Hasta vino a verme una vez a la cárcel. Con él sí hablaba algunas veces por teléfono. Me contaba cosas del niño, y yo lloraba que no veas. Cuando salí de la cárcel quise ir a visitarlo, pero me aconsejó que no me acercara a Clara ni a mi hijo. Y tenía razón. Me habría metido en problemas. Fui tres o cuatro veces a Madrid para ver a Manu, pero en el último momento siempre me echaba atrás. Temía que el chiquillo reaccionara mal. A saber lo que le habría contado de mí su madre. No sé si hice bien o mal, pero fue lo que pasó. Ahora da igual. Cuando Esteban me llamó y me dijo que su hermana había muerto, me quedé paralizado. No sabía qué hacer. Fue Rosa la que me insistió en que tenía que ir. Ella vino conmigo. Menos mal. Siempre ha estado conmigo para lo bueno y para lo malo. No sé qué habría sido de mi vida sin ella. La ves ahí tan dura, tan fuerte, tan… Pero es un amor. La quiero con locura. Se nota, ¿no? Se lo debo todo, tío, todo.

MANU

Me sorprendo del bullicio

—Me estabas contando que al principio te negaste a ir a vivir con tu padre.

—Por supuesto. Para mí, aquel tipo no era mi padre, sino un desconocido que decía ser mi padre. No es lo mismo. Me daba igual lo que dijera todo el mundo. Además, pretendía que dejara mi instituto, los amigos, mi ciudad. Vamos, ni loco. Yo quería quedarme a vivir con mis tíos.

—¿No tenías más familia en Madrid?

—No, mis abuelos murieron hacía unos años. Mi tío Esteban era la única familia que tenía.

—Y las cosas no salieron como tú imaginabas.

—Simplemente, no salieron.

Manu no llegó a comprender lo que estaba pasando en realidad con sus tíos hasta tiempo después. El dolor por la muerte de su madre le había anestesiado los sentidos. Todo ocurría muy deprisa o muy despacio. El tiempo corría o se detenía de forma caprichosa. Se pasaba horas oyendo el último mensaje de voz que su madre le había dejado en el teléfono.

Si hubiera tenido los sentidos despiertos, quizás se habría dado cuenta de que su tío Esteban insistía mucho en que lo mejor para él era irse a vivir con su padre; quizás se habría dado cuenta antes de que su tía Bárbara intentaba decirle muchas cosas con la mirada a su marido y que, de vez en cuando, le daba tironcitos del brazo para dirigir sus palabras; quizás se habría dado cuenta también de que sus tíos no estaban precisamente entusiasmados con recibir en su casa al sobrino huérfano.

—Tú siempre te habías llevado bien con tu tío Esteban, ¿no es así?

—Sí, siempre. Ya te he comentado que mi madre y él tenían muchos encontronazos, pero conmigo era supercariñoso. Me llevaba con él y con mis primos al fútbol y a veces iba con ellos a la sierra. Conmigo siempre se portó bien.

—¿Y cómo había sido tu relación hasta ese momento con tu tía Bárbara?

—Pues ni frío ni calor. No sabría contestarte. Ahora que ha pasado el tiempo he comprendido que ella no me soportaba. Eso me parece. Pero lo digo ahora. Antes no me enteraba de nada.

—¿Y con tus primos?

—Bien, con ellos bien. Hasta que me fui a vivir a su casa.

Esteban y Bárbara tenían dos hijos de once y trece años. Manu los consideró siempre demasiado pequeños para compartir con ellos determinadas cosas. Los trataba como el primo mayor, el que iba por delante de ellos en todo. Y así fue hasta que comenzaron a convivir.

—Yo estaba todo el día como atontado y no tenía tiempo para pensar. Por eso no me percataba de muchas cosas. Al menos, al principio.

Manu iba a clase, quedaba con sus amigos y hacía casi lo mismo que antes cuando estaba fuera de casa, pero nada era ya como antes. Por ejemplo, le costaba mucho trabajo concentrarse y quedarse solo en su nueva habitación; en el instituto todo el mundo trataba de ser amable con él. Y aquello lo angustiaba aún más, porque sentía que lo hacían por lástima. Y esa sensación era terrible.

Los únicos ratos en los que conseguía aislarse de todo era cuando escuchaba el mensaje de voz de su madre. Luego se refugiaba en la música, en las canciones que le decían algo. Retomó poco a poco la costumbre de escribir en su libreta: eran frases que se iban encadenando y que reflejaban su estado de ánimo, una mezcla entre versos, reflexiones, disparos contra la vida en general, contra su propia vida, contra todo aquello que lo inquietaba y le impedía vivir con normalidad. Era algo más que un consuelo; era una necesidad: oír música y escribir.

Cuando estaba en casa de sus tíos, echaba de menos la suya: su habitación, sus pósters, sus fotos colgadas de la pared, su cama. La tía Bárbara se había negado a traer todas las cosas de Manu a su nueva casa. Repetía que era necesario hacer borrón y cuenta nueva. Manu no llegó a entender a qué se refería.

El día en que le contaron a Manu que iban a poner en venta el piso de su madre, el chico sintió que todo su pasado empezaba a dejar de existir.

«Ese dinero es para ti», le dijo su tío. «Con eso podrás estudiar donde quieras, viajar, ser independiente».

Manu no podía entenderlo. Lo último en que quería pensar era en el futuro.

Poco a poco fue advirtiendo que las cosas no iban bien en casa de sus tíos. Eran pequeños detalles que le daban pistas. Por ejemplo, cuando sus tíos estaban hablando y aparecía Manu, se callaban de repente. Eso le molestaba mucho. Otras veces los oía cuchichear en la cocina, aunque no era capaz de distinguir lo que decían. Además, su tía Bárbara estaba cada vez más fría y distante con él. Apenas le hablaba y a veces a Manu le parecía que lo miraba con el gesto tenso, como si contuviera su rabia. Sus primos también fueron cambiando su comportamiento con Manu. Siempre lo habían tratado con cierta admiración, incluso solían tratar de imitarlo. Sin embargo, al cabo de unas semanas, no solo lo ignoraban, sino que le echaban la culpa de casi todo lo malo que pasaba en casa. Si desaparecía el trozo de tarta que había en el frigorífico, había sido cosa de Manu; si el cuarto de baño estaba hecho un asco, había sido Manu; si quedaba alguna luz encendida por la noche, el último en acostarse había sido Manu. Y así una y mil cosas que fueron sumiendo al chico en el desánimo. Era como si todos estuvieran en su contra.

Su vida se fue oscureciendo y todos los días le parecían grises y nublados, aunque se anunciaran los primeros calores del verano. El curso no terminó precisamente bien. Le quedaron los dos huesos más duros de roer: las Matemáticas y la Lengua. A esas alturas era lo que menos le preocupaba. Pero su tía Bárbara se lo tomó muy mal.

«Mira, Manu, yo entiendo que estás pasando por un momento muy duro en tu vida. Eso lo puede entender cualquiera. Pero tienes que pensar un poquito en los demás, ¿me comprendes?».

«Creo que no».

«Pues eso, que solo piensas en ti».

«¿Y en quién quieres que piense?».

«En los demás, Manu, en los demás. En tus primos, en tu tío Esteban. Ya no te pido que pienses en mí, te pido que pienses en ellos».

«Bárbara, por favor», la reconvino su marido. «Este no es el momento».

«¿Cómo que no es el momento? Pues ya me dirás entonces cuándo vamos a poder hablar. Porque es que no puedo ni hablar en mi propia casa».

Manu no entendía lo que estaba ocurriendo. Miraba las caras de circunstancia de sus tíos y trataba de adivinar qué se escondía detrás de sus gestos. Algo se le había pasado por alto y no sabía qué.

«¿Tú te das cuenta de lo que has conseguido con tu egoísmo, Manu? ¿Te das cuenta?», siguió la tía Bárbara. «Porque ahora tus primos y tu tío se van a quedar sin vacaciones por tu culpa».

«¿Por mi culpa? ¿Qué he hecho yo?».

«No esforzarte lo suficiente, Manu, eso es lo que has hecho».

Lo que más le dolió a Manu fue la impasibilidad de su tío Esteban, que apenas intervino en la conversación.

«¿Lo dices por las Mates y la Lengua?».

«Pues claro que lo digo por eso. Ahora nos vamos a quedar todos en Madrid dos meses para que el caballero pueda estudiar, ir a clases particulares y sacarse las asignaturas en septiembre».

Era la primera noticia que tenía. Jamás habían hablado en casa de marcharse de vacaciones fuera. Era todo tan absurdo que Manu no podía terminar de creerse lo que estaba oyendo. Además, él no necesitaba ir a ninguna academia.

«¿De verdad es eso lo que más te preocupa, tía?», preguntó Manu sin pensarlo.

Se hizo un silencio hiriente. Bárbara miró a su marido. Los niños sonrieron como muñecos diabólicos y los segundos se hicieron eternos. Finalmente, Bárbara le reprochó a su marido:

«¿Ves lo que yo te decía? Tu sobrino es un desagradecido y un egoísta».

Dio un golpe violento en la mesa y salió de la habitación enfurecida. En ese preciso instante Manu fue consciente de que se había perdido una parte importante de la historia. Entendió por primera vez que su tía Bárbara estaba harta de él.

—No me lo reconoció nunca, pero no hacía falta. Se le veía en los ojos, en la forma en que me miraba, en los comentarios que hacía como si yo no estuviera delante. Y lo peor de todo, lo que más me dolió, fue que mi tío Esteban no se pusiera de mi parte.

—¿También notabas que él estaba mal contigo?

—No, eso no, pero callaba cada vez que mi tía me atacaba. Bueno, no es que me atacara, pero dejaba caer las cosas así, en plan mosquita muerta.

Paulatinamente Manu notó que su tío Esteban estaba cada vez más frío con él. Durante aquellos dos meses la tensión en casa fue creciendo. Manu se buscaba cualquier excusa para salir de casa. Decidió ir a estudiar a una biblioteca durante el verano para estar el mayor tiempo posible lejos de sus primos, que empezaban a resultarle insoportables. Cuchicheaban entre ellos, trataban de ridiculizarlo por cualquier cosa que hacía o decía.

A mediados de agosto su tío Esteban volvió a hablarle a Manu de Jimi. Le sonó sospechoso; era demasiado evidente.

«Tu padre no es una mala persona. Lo que pasa es que ha tenido mala suerte en la vida».

De pronto, su tío le presentaba un retrato de su padre que se parecía más al de un santo que al de un *rockero* en horas bajas. Pero Manu seguía sin querer ni oír hablar de Jimi.

—En realidad, lo que estaba haciendo era tantear el terreno para que yo mismo me planteara la idea de ir a vivir con Jimi.

—¿Y tú no lo pensaste nunca en ese tiempo?

—Ni loco. Era oír hablar de él y me ponía enfermo. Pero mi tía sacaba el tema cada dos por tres.

Manu tardó un tiempo en entender la estrategia de sus tíos. Lo hizo más tarde, cuando la situación en casa era ya muy tensa.

—Aprobé las Mates y la Lengua, y fue entonces cuando empecé a notar cosas raras. Más raras, quiero decir.

Cuando terminaron los exámenes de septiembre, Manu le informó a su tío de que tenía que matricularse de bachillerato porque el plazo ya estaba abierto. Sin embargo, su tío le aconsejó que no tuviera prisa. Luego añadió algo que lo puso en alerta:

«Manu, ¿no te gustaría cambiar de aires?».

«¿Cambiar de aires? No te entiendo».

«Sí, cambiar de instituto, conocer a gente nueva, nuevos amigos y esas cosas, ya sabes».

«Pues no. Me gustan los amigos que tengo».

«¿Estás seguro?».

Manu no sabía bien de qué iba aquella historia de cambiar de aires. Ya estaba acostumbrado a no bajar la guardia. Su tío siguió hablando:

«Verás, en el insti me han dicho que no tienes muchos amigos precisamente».

Aquello sí que le pareció a Manu un golpe bajo.

«¿En serio? ¿Y quién te ha dicho eso a ti en el insti? ¿Con quién has estado hablando?», preguntó con rabia.

Manu comprendió que estaban ocurriendo cosas a sus espaldas. Fue como si, de pronto, abriera los ojos y empezara a ver todo con claridad.

«He hablado con tu tutor, con la psicopedagoga y con algunos profesores. Es normal que me preocupe por ti, ¿no? Tu tía y yo estamos preocupados, aunque no lo parezca».

Manu había enmudecido. Tardó en responder.

«No necesito tener un montón de amigos. Con los que tengo es suficiente».

«Pues tus profesores opinan que te vendría bien un cambio de aires».

Manu sintió como si lo hubieran abofeteado. De repente, espabiló y reaccionó.

«Yo no necesito un cambio de aires», gritó. «Yo lo que quiero es que me dejéis pensar por mí mismo. No quiero que nadie lo haga por mí».

Manu dio un empujón a la mesa de la cocina y cayeron al suelo algunos vasos. Luego se puso a chillar y a decir cosas que quizás no sonaran con mucho sentido en ese momento. Eso, al menos, es lo que pensaba Manu mucho tiempo después.

En mitad del ataque de furia entró su tía Bárbara, también llena de ira.

«¿Ves como yo tenía razón? Este chico está desequilibrado. ¿Es que no lo ves?».

Y siguió diciendo cosas por el estilo. A pesar de la ofuscación, Manu comprendió que había estado escuchando detrás de la puerta. Se paró en seco y los miró a los dos. Entonces empezó a pensar si no habrían estado vigilando su comportamiento minuto a minuto. Respiró profundamente y salió de la cocina para no empeorar las cosas.

—Fue como si se me cayera del todo la venda de los ojos. De pronto me di cuenta claramente de que estaban deseando quitarme de en medio. Mis primos eran unos desconocidos para mí. Me ignoraban y aprovechaban cualquier oportunidad para ponerme en ridículo. Les gustaba provocarme. Y mis tíos no les decían nada. Todo lo que ellos hacían estaba bien, y todo lo que yo hacía era un disparate. Y entonces fue cuando los oí hablar en su cuarto sobre lo del internado y todo eso.

Manu desconfiaba de todos. Por eso comenzó a escuchar a través de las puertas, porque estaba seguro de que también a él lo escuchaban. Vigilaba los movimientos de los cuatro, los gestos, las cosas que se decían con la mirada.

Se matriculó en bachillerato sin decirle nada a su tío, porque Esteban no hacía más que darle largas. Y empezó el curso con mucha desgana. Su tía apenas le hablaba y, cuando lo hacía, era para hacerle algún reproche.

Y una noche, cuando estaba a punto de quedarse dormido, oyó unas voces en la habitación de sus tíos. Se oían muy lejos, pero enseguida tuvo la certeza de que estaban discutiendo. Se levantó sin hacer ruido y pegó la oreja a la puerta con sumo cuidado. Estaban hablando del futuro de Manu. Le pareció escuchar la palabra «internado». ¿Había oído bien?

«No sé si eso es lo mejor para el chico», decía su tío.

«Pues claro que es lo mejor. Rita me ha contado maravillas de ese colegio. Todo en inglés. ¿No repites tú siempre que el inglés es importantísimo?».

«Ya, pero meterlo interno... No sé. Además, ahora ha empezado ya el curso».

«Eso no es ningún problema. Ya lo he preguntado. ¿A ti se te ocurre otra solución mejor? Porque tú hablas mucho, pero luego haces bien poco. Tengo que pensarlo todo yo».

«Creo que con su padre estaría mejor que en ese internado».

«¿Con un drogadicto?».

«No es un drogadicto. Ahora ya no».

«A mí me da igual, pero el chico no quiere ni oír hablar de él. Ya ves cómo se pone cada vez que le mencionas a su padre».

La conversación duró más, pero Manu no tuvo ánimos para quedarse a escuchar. Sintió que el peso del mundo le caía sobre los hombros y corrió a refugiarse bajo las sábanas.

—Aquella noche no pegué ojo. Mi mente iba a mil por hora. Cuando me levanté, busqué a mi tío y le pedí: «Dile a mi padre que venga a recogerme cuanto antes. Me voy a vivir con él». No podía soportar la idea de pasar un minuto más en aquella casa.

Luna

Y ya no sé qué decir

—Tengo entendido que cuando te enteraste de que Jimi tenía un hijo que vivía en Madrid no te lo tomaste muy bien.

—Sí, es verdad. Me dolió que no me hubiera dicho nada. Me pareció una traición. Yo se lo contaba todo a Jimi. Más que a mi madre. Me sentó fatal, sí.

—¿Y cómo lo descubriste?

Luna estudiaba 2.º de ESO cuando supo de forma accidental que Jimi tenía un hijo. Una noche estaba en su cuarto, escuchando música con los cascos, cuando oyó que Jimi y su madre entraban en casa. Era viernes y se suponía que Luna había ido con Lorena al cumpleaños de una amiga. Pero el cumpleaños se había suspendido en el último momento. Por lo tanto, Jimi y Rosa no sabían que Luna estaba en casa.

Los oyó entrar y sentarse en la cocina. Hablaban en voz alta. A Luna le pareció que estaban discutiendo. Por eso se quitó los cascos; no era frecuente oír a Jimi alterado. Y, sin embargo, su voz sonaba nerviosa, crispada. Luna escuchó retazos de la conversación. No tenía mucho sentido para ella lo que decían. Hasta que oyó una frase que la puso en alerta.

«A fin de cuentas es tu hijo y ella no puede impedir que lo veas».

Esas palabras eran de Rosa. Luna tardó en procesar aquello que había escuchado. Al principio pensó que había oído mal. Pero Rosa volvió a pronunciar otra frase reveladora.

«Tienes que hablar con ella y decirle que quieres ver a tu hijo. No es una obra de caridad, es de lógica. Debe saber que no vas a pedirle nada, solo ver al niño».

Luna se quedó paralizada. Aquella noche apenas pudo dormir, y por la mañana el cansancio le hizo pensar que quizás todo lo que había oído era el resultado de su imaginación. Pero, con el paso de los días, terminó convenciéndose de que no habían sido alucinaciones. Jimi tenía un hijo. ¿Por qué demonios no le había contado nunca nada? La desconfianza la corroía por dentro. Empezó a observar a Jimi cuando él no se daba cuenta. Trataba de imaginar cuántas cosas le habría ocultado. Se sentía traicionada, menospreciada. Finalmente, al cabo de unos días decidió que no podía vivir el resto de su vida con aquella desconfianza. Sin embargo, en vez de hablar con Jimi decidió hacerlo con Rosa.

«¿Es verdad que Jimi tiene un hijo?», le soltó sin rodeos.

Rosa Winchester dejó lo que tenía en las manos y la miró desconcertada. Luna no apartaba la vista de ella. Era una mirada dura, de rabia.

«¿Quién te ha contado eso?».

Luna decidió no disimular. No quería jueguecitos.

«Os oí la otra noche cuando volvisteis a casa. Estabais hablando de eso».

Rosa miró a su hija y trató de dulcificar el gesto. Llegó incluso a sonreírle.

«¿Es verdad o no es verdad?», insistió Luna sin apartar la vista de su madre.

«Sí, es verdad».

«Vaya. ¿Y no pensabais contármelo?».

«Supongo que sí».

«¿Y a qué estabais esperando? ¿O es que soy demasiado niña para saber ciertas cosas?».

Rosa Winchester se dejó caer en la silla y le hizo un gesto a Luna para que se sentara enfrente de ella, pero la chica permaneció en pie, con los brazos cruzados.

«Sí, es verdad, teníamos que habértelo contado hace tiempo».

«Eso mismo pienso yo».

—Entonces mi madre me explicó que Jimi había tenido un hijo que era un año menor que yo. Ella no lo había visto más que en fotografía. No me dio muchos detalles. Yo no quería preguntar, porque me daba mucha rabia. Me contó que se llamaba Manu. Pero en ese momento llegó Jimi a casa y mi madre se puso a disimular.

Luna se quedó con cara de boba, la boca abierta y sin saber adónde mirar. El nombre de Manu sonaba una y otra vez en su cabeza.

«Será mejor que te lo cuente Jimi», le dijo Rosa en voz baja un segundo antes de que él apareciera en la cocina.

Desde ese mismo momento, Luna empezó a forjar en su mente la imagen del chico. Y no era una imagen amable.

Suponía que su madre le hablaría a Jimi de la conversación que habían tenido las dos. Esperó todo el día a que Jimi le comentara algo. Pero Jimi no abría la boca. Esperó el día siguiente y el siguiente. Y Jimi seguía callado. Luna se daba cuenta de que la observaba cuando creía que ella estaba distraída. Lo veía serio, preocupado. «¿Por qué no me dices nada? ¿Qué pasa, Jimi, ya no confías en mí?» Sus pensamientos eran caóticos. Quería controlar su rabia, pero no lo conseguía.

Luna no pudo aguantar más aquella situación ni las dudas que le generaba. Le contó la historia a su amiga Lorena. Confiaba en que ella se pusiera de su parte, pero, en lugar de eso, dejó escapar:

«Pobre Jimi. Imagino lo que habrá pasado en todos estos años».

«¿Cómo que pobre Jimi? ¿Y por qué no pobre Luna? ¿A ti te gustaría que tus padres se guardaran un secreto como ese?».

«No es lo mismo».

«¿Por qué no es lo mismo?».

«Porque Jimi no es tu padre».

Luna encajó como pudo aquel golpe. A veces Lorena era así de bruta con ella. No contaba hasta diez antes de decir lo que pensaba. Luna se lo había reprochado mil veces.

«Vale, tía, tienes razón, no es mi padre. ¿Y qué?».

«No pongas esa cara. Yo en tu lugar hablaría con él y le soltaría: "Mira, Jimi, me he enterado por ahí de que tienes un hijo. Sí, sé que se llama Manu", y blablablá, todo ese rollo. "¿No pensabas contármelo? ¿Te parece bonito? ¿Crees que yo me merezco que me ocultes esas cosas?"».

«Tú vives en Marte, tía, cada día estoy más convencida».

«Mejor vivir en Marte que no en la Luna».

Lorena le hizo un gesto con los dedos para que captara el juego de palabras, un chiste tonto, y las dos rompieron a reír.

Esa misma noche, al llegar a casa, Jimi la estaba esperando.

«Luna, ¿tienes un minuto?».

«Y hasta dos minutos», respondió ella con ironía al suponer de lo que se trataba.

Aunque un poco tarde, en opinión de Luna, Jimi le reveló en aquella ocasión el secreto que había estado ocultándole tanto tiempo. Le habló de sus años de descontrol; la mayoría de las cosas Luna ya las sabía. Le habló de Clara: cómo la conoció, cómo fue su relación, cómo terminó todo. Le habló de Manu. Luego le contó lo duro que había sido para él no ver al niño en tantos años.

«¿Y por qué no te pusiste de acuerdo con ella para verlo de vez en cuando?».

«¿Crees que no lo intenté en su día?».

«¿Y ya está? ¿Te dijo que no y ya está? Hay leyes, hay derechos, hay cosas así…».

«Pero yo no me porté bien», contestó Jimi con la voz rota.

«¿Y qué? Todo el mundo tiene derecho a una segunda oportunidad».

Al final decidió no insistirle. No recordaba haber visto a Jimi tan afligido como en aquel momento. Le preguntó si tenía alguna foto de su hijo, y Jimi le mostró la fotografía de un bebé que se parecía a todos los bebés del mundo, pelón y sonrosado, tirando más bien a feo.

«Es la única que tengo», le explicó. «Aquí tenía seis meses».

Luna miró la fotografía sin tocarla y sintió algo parecido a los celos, aunque le costó trabajo admitirlo. Era algo irracional, incontrolado; algo que no le confesó a nadie hasta mucho tiempo después.

—Así fue como conocí a Manu. Bueno, conocerlo, lo que se dice conocerlo, fue dos o tres años después.

—¿Y durante ese tiempo las cosas volvieron a la normalidad con Jimi?

—En parte sí y en parte no. Desde entonces, mi madre y Jimi hablaban de vez en cuando de Manu como si fuera de la familia. Eso me daba un poco de rabia. No sé por qué, yo me imaginaba que Manu era de otra manera. No sé, que no quería saber nada de su padre, que se avergonzaba de él y esas cosas. Es que yo no conocía toda la historia ni me apetecía preguntar más. Y encima, cuando murió la madre, ya fue el colmo.

—¿Clara?

—Sí, eso.

Una noche sonó el teléfono de Jimi ya tarde. Cuenta Luna que ella estaba en su cuarto escribiéndose wasaps con su amiga Lorena, cuando le pareció que Jimi y Rosa discutían. Salió al salón y los encontró a los dos muy alterados.

«¿Qué pasa?», preguntó Luna.

«Es la madre de Manu», le respondió Jimi. «Su hermano me acaba de llamar para decirme que ha tenido un accidente».

«Pero ¿está grave?».

«Ha muerto», informó su madre.

Luna enmudeció. Rosa y Jimi empezaron a hablar tan deprisa que costaba seguir la conversación. Ella insistía en que Jimi tenía que ir a Madrid. Jimi negaba con la cabeza y se tapaba el rostro con las manos.

«Venga, Jimi, yo voy contigo», dijo Rosa con determinación.

«¿A Madrid? ¿Ahora?».

Antes de terminar la frase, Rosa ya le estaba mostrando las llaves de la furgoneta. Fue al perchero y cogió su cazadora y la de Jimi.

—Mi madre fue la que tomó la decisión. No sé cómo habrían sido las cosas si ella no hubiera reaccionado así. Seguro que habrían sido muy distintas. Ese niño no era familia de mi madre, ella no tenía nada que ver con él. Podría haberse lavado las manos y desentenderse del asunto. Eso es lo que habría hecho yo. Pero mi madre no es como yo.

Esa noche Luna se fue a dormir a casa de Lorena. No quería estar sola. Necesitaba echar fuera todo lo que la atormentaba. Su cabeza era una locomotora sin freno. No paraba de imaginar lo que iba a pasar a partir de ese día.

—Cuando volvieron y me contaron que Manu no quería saber nada de Jimi, me alegré. Sí, sí, ya sé que suena fatal, pero es la verdad. Yo no tenía nada contra él, pero lo imaginaba como un chico repelente, un estirado.

Ese verano fue distinto a los anteriores. Cerraron la tienda durante el mes de agosto y pasaron la mayor parte del tiempo de un sitio a otro, con las actuaciones del nuevo Samarkanda. Tocaban en hoteles de Benidorm y la Marina Alta, en verbenas de pueblos, en todos los sitios en donde los contrataban.

Pero, según Luna, Jimi ya no volvió a ser el de siempre. Ella sabía que era por el asunto de Manu. Él no decía nada, pero su rostro era como un libro abierto: se podía leer en él. Jimi no sabía disimular. En alguna ocasión, Luna lo sorprendió llamando a alguien por teléfono a escondidas. Su desconfianza y sus celos eran tan grandes que llegó a creer que hablaba en secreto con su hijo. Después de pensárselo mucho, decidió curiosear en el móvil de Jimi. Ni siquiera usaba código de bloqueo. Jimi no tenía secretos para Luna y Rosa. Al menos, hasta ese momento.

Luna descubrió que había infinidad de llamadas a un tal Esteban. Un día, cuando las dudas la corroían, decidió dar un paso más.

«¿Tú sabes si Jimi tiene algún amigo que se llame Esteban?», le preguntó a su madre.

Rosa Winchester la miró con el ceño arrugado.

«¿Y esa pregunta?», respondió, esquiva, Rosa.

«No sé, me pareció que hablaba con un tal Esteban por teléfono el otro día», mintió Luna.

Rosa le contó que era el hermano de Clara, tío de Manu. Eso no tranquilizó a la chica, sino todo lo contrario. Y un día, poco antes del comienzo de una actuación, Jimi recibió una llamada y corrió al escenario, donde Rosa y Luna estaban probando los micrófonos.

«Me ha llamado Esteban», gritó desde abajo, temblando. «Dice que Manu quiere venir a vivir con nosotros».

Luna intentó sonreír, pero lo que sentía en ese momento era que le ardía cada poro de su piel.

ROSA WINCHESTER

Cambio las cosas de sitio

—Me da la sensación de que tu hija y tú sois como la noche y el día.

—¿Luna? No te fíes de las apariencias. En algunas cosas nos parecemos bastante. Va por días y a rachas. Ahí donde la ves tan modosita y tan callada, tendrías que verla cuando se desata. Las monta buenas, ya lo creo. Ella es de las que observa, calla, como si no hubiera roto un plato en su vida, y cuando lo tiene todo controlado explota como un volcán. En esto último somos clavaditas. En lo demás, no tanto. Yo nunca he sabido callarme las cosas. Y así me ha ido. Los adolescentes piensan que los adultos somos perfectos y tenemos soluciones para todo, pero no es así. Es pura fachada. Metemos la pata a cada momento. Al menos, yo la he metido muchas veces con Luna.

—¿Como, por ejemplo, con el asunto de Manu? Me refiero al hecho de no haberle hablado de él a Luna.

—Sí, por ejemplo. Eso fue una metedura de pata. Ahora lo veo claro. Creo que tendríamos que habérselo contado desde el principio, pero Jimi vivía atormentado por lo de su hijo, y yo no quería meterme en esos asuntos que son tan íntimos y tan personales. Además, cuando Jimi salió de la cárcel había otras prioridades. Fue muy complicado todo al principio. Seguramente

Jimi fue dejando pasar el tiempo y nunca encontraba el momento de hablar con Luna. Bueno, eso es por poner alguna excusa.

Cuando Luna conoció a Jimi era demasiado pequeña para darse cuenta de lo que sucedía en casa. Desde el primer día se comportó como si conociera a aquel extraño de toda la vida. Jimi estaba muy estropeado: había envejecido muy deprisa en la cárcel. Y Rosa se volcó con él para que olvidara el pasado.

Rosa Winchester lo acompañó a la terapia dos veces por semana. No era suficiente que llevara años sin probar una gota de alcohol ni meterse ninguna sustancia en el cuerpo. Era necesario reforzar su autoestima y recuperar la seguridad en sí mismo. Y Rosa se esforzó en ayudarlo a que lo consiguiera.

—El primer año fue muy duro. Y, aunque Jimi estaba saliendo de aquel pozo, me pasaba todo el día con el alma en vilo, pendiente de él, con miedo a que pudiera tener alguna recaída.

—Pero ¿hubo recaída?

—No, no, por suerte eso quedó atrás. Jimi tiene mucha fuerza de voluntad. Lo que pasa es que al principio cualquier cosa le afectaba mucho. Por ejemplo, cuando me hablaba de su hijo se venía abajo, se echaba a llorar y a mí me daba miedo que cayera en una depresión. Lo ves ahí tan duro y luego resulta que es una persona muy sensible. Él es como las letras de sus canciones.

Rosa Winchester logró persuadirlo para que llamara a Clara y le pidiera que le permitiese ver a su hijo. Pero Clara siempre se negó. Cada vez que hablaba con ella, la situación empeoraba un poco más. Había pasado de amar a Jimi a odiarlo. Rosa podía entenderla: los últimos tiempos con Jimi habían sido insoportables. Clara había tenido que ir al psicólogo para salir de aquel pozo.

—Para mí tampoco fue fácil convencer a Jimi de que hablara con aquella mujer. No me caía nada simpática, a pesar de que tuviera sus razones para no querer saber nada de Jimi. No me gusta hablar mal de los muertos, pero ella tampoco se portó bien, aunque Jimi no hubiera sido precisamente una hermanita de la caridad. Por suerte, el cuñado y Jimi se llevaban bastante bien.

—¿Esteban?

—Sí, Esteban. El tío se portó fenomenal. Al contrario que su mujer, Bárbara. Ella lo tenía dominado. Bueno, eso mejor lo dejamos aparte porque me llevan los demonios cuando pienso en lo mal que se portó aquella mujer con el chiquillo. Era de las que te están sonriendo y por detrás están afilando el cuchillo para clavártelo en la espalda. Estoy hablando en sentido figurado, ya me entiendes.

Rosa Winchester llegó a conocer a Esteban en una ocasión en que Jimi y ella fueron a Madrid a comprar material electrónico para el grupo. Le pareció un tío honesto, que apreciaba a Jimi y que no se llevaba precisamente bien con su hermana Clara. Luego habló con él alguna vez por teléfono, para felicitarle el Año Nuevo y cosas así.

—Y un buen día él llamó para decir que su hermana acababa de morir en un accidente. Imagínate la situación. Jimi entró en *shock,* y no porque sintiera la muerte de su ex, que supongo que le dolería también, sino porque pensó qué iba a ser de su hijo a partir de ese momento. Sí, eso fue un palo de los gordos. Jimi pasó un verano horrible. Todos intentábamos animarlo. El Mono y la Flaca estaban siempre pendientes de él. Se portaron muy bien.

El nuevo Samarkanda estaba formado por Rosa Winchester, la Flaca y el Mono, dos músicos que habían recorrido el país con sus respectivos grupos hasta que sufrieron la crisis y abrieron un bar para ganarse la vida. Cuando se juntaron con Rosa, decidieron subirse al carro de la música popular y pachanguera. No era su sueño, pero resultó una manera de seguir unidos a la música: la canción del verano, éxitos latinos, pasodobles. Tocaban en hoteles, verbenas y algunas celebraciones particulares. Tenían un hijo, Nacho, que a veces ensayaba con ellos y también trabajaba en el bar. Les gustaba lo que hacían, aunque el peaje que tuvieran que pagar fuera interpretar *Los pajaritos* y las canciones de Georgie Dann, que nunca pasaban de moda.

Cuando Jimi salió de la cárcel, Rosa llevaba más de un año sin tocar con ningún grupo. Según sus palabras, era una sensación de orfandad, porque la música era casi todo para ella. Entonces le propuso a Jimi resucitar el grupo Samarkanda. Y Jimi dijo que sí, que adelante. Sin embargo, el día en que cogió por primera vez la guitarra después de tantos años, el síndrome distónico volvió a sus dedos como una pesadilla. En los últimos tiempos, antes de ir a la cárcel, lo había conseguido sobrellevar utilizando la mano en bloque, como si los dedos unidos fueran la púa de una guitarra. Ese truco servía para tocar en la calle, para los turistas, pero no para subirse a un escenario. El pánico se apoderó de él y la pesadilla de los ansiolíticos empezó a rondarle la cabeza.

—Eso fue durísimo. Había algo oscuro en Jimi que lo tenía bloqueado. Yo creo que era el pánico escénico. No sé, una especie de estrés que le agarrotaba los dedos. Y Jimi se negó a tocar.

—¿Y a componer?

—También, también. Nada de nada. Decía que estaba bloqueado. Era algo terrible, pero entre la Flaca, el Mono y yo intentamos quitarle importancia. Jimi no tenía ya nada que demostrar.

Jimi no llegó a tocar nunca con el nuevo Samarkanda. Sin embargo, hizo de mánager, de técnico de sonido, de técnico de luces, de todo. Su experiencia era muy valiosa. Y le gustaba lo que hacía, aunque no pisara el escenario más que para montar los equipos. Aquella música no era lo que les gustaba, pero los seis minutos finales de cada actuación los recompensaban de todo lo demás.

—Cuando terminábamos la actuación y nos despedíamos del público, hacíamos un par de bises. Entonces tocábamos dos temas de Samarkanda que había compuesto Jimi años atrás. Eso era lo mejor de cada noche. Jimi revivía con esas dos canciones. En ese rato se le iluminaba el rostro, se ponía a dar saltos detrás de la mesa de sonido y yo le hacía un gesto de complicidad desde el escenario. Levantaba los pulgares como diciéndole «ese es mi Jimi». Y le mandaba un beso.

Pero aquel verano, después del encuentro con Manu en el tanatorio, ni si quiera los bises de las actuaciones lo animaban. Jimi estaba como ausente durante todo el tiempo. Rosa lo veía distraído y pensativo desde la distancia, y suponía lo que rondaba por su cabeza. No podía dejar de pensar en el encuentro con Manu en el tanatorio y el rechazo del chico.

—Yo no sabía ya qué hacer para animarlo. Y luego estaba Luna. Aunque no es una chica rencorosa, se sentía molesta con nosotros por no haber contado con ella cuando decidimos que Manu viniera a vivir a casa, a pesar de que luego él se negara y montara aquel pollo. Estaba dolida. Yo lo comprendo. Y, cuando Jimi recibió la llamada de Esteban para que fuera a recoger al chico, eso ya fue el colmo. La cara de Luna lo decía todo. Le tenía manía al chico antes de conocerlo.

—¿Qué impresión tenías tú de Manu antes de que viniera a vivir con vosotros?

—Me daba mucha pena. Mucha, de verdad. Cuando lo vimos en el tanatorio era un crío perdido. Yo creo que no entendía lo que estaba pasando. Reaccionó muy mal con Jimi. Eso puedo entenderlo. Aparte de eso, si quieres que te diga la verdad, me pareció un niño consentido, de esos que viven pegados a las faldas de su madre. Y es normal, supongo. Su madre se pasó la vida evitando que sufriera por culpa de la historia que ella había tenido con Jimi. Y lo que sucedió fue que el sufrimiento se le vino al chico encima de golpe. A mí no me gustan los niños consentidos. He luchado mucho para que Luna no fuera así. Mira, te contaré una cosa... Después de hablar con Manu y ver cómo se puso, me arrepentí mucho de haberle insistido a Jimi para ir a Madrid. Por muchas cosas que él hubiera hecho mal en su vida, no se merecía que su hijo lo tratara así. Por eso, cuando Esteban llamó para que Jimi fuera a recoger al chico, al principio tuve bastantes dudas. Luego sí, tiré para delante la primera, claro. Pero con mucho miedo: miedo por Jimi y miedo también por Luna. Por el muchacho no tanto, porque me había llevado una gran decepción con él.

Jimi

Maneras de vivir

—En una ocasión me dijiste que, cuando recordabas aquellos años, tenías la sensación de haber estado viviendo en el infierno.

—Es verdad, tío, y todavía me pasa. Fueron unos años muy chungos, mucho. Cuando uno alcanza la gloria y la fama, como me pasó a mí, se llega a creer que siempre va a ser así. Pero no es verdad. La fama va y viene, y yo no supe llevarlo bien cuando la gente se olvidó de mí.

Lo que más recordaba Jimi de aquella época era el silencio del teléfono. Había días en que se levantaba, lo colocaba a la vista y pasaba horas enteras mirándolo a la espera de que alguien lo llamara. Pero el móvil no sonaba. Ya no confiaba en que lo llamara ningún periodista para preguntar por Samarkanda, ni siquiera en que lo buscaran para sustituir a algún músico que se hubiera puesto enfermo. Eso ya no iba a pasar. Se habría conformado con que alguien lo telefoneara para salir a dar una vuelta por los garitos de siempre, recordar viejos tiempos, hablar por hablar. El maldito teléfono. De vez en cuando lo miraba para asegurarse de que no se había quedado sin batería. Pero la batería duraba días porque apenas se gastaba.

A veces, cuando no podía soportar más el silencio, Jimi llamaba a viejos amigos de los que no sabía nada desde hacía tiempo. «¿Qué tal, tío, cómo estás? ¡Cuánto tiempo sin saber nada de ti! Tendríamos que vernos algún día, ¿te viene bien esta noche? Ah, ¿hoy no puedes? Bueno, pues otro día... Mañana, pasado, es por el gusto de hablar... Vale, tío, pues tú me llamas, sí, bien, todo bien, ya te contaré cuando nos veamos».

Luego vino la fase del insomnio. Se pasaba las noches en blanco, mirando al techo, dándole vueltas a todo en la cabeza. Silencio, soledad. Las pastillas habían dejado de hacerle efecto, aunque seguía enganchado. Se levantaba de la cama a medianoche, se vestía rápidamente y se echaba a la calle para no sentir la soledad y el silencio de aquel tugurio que era su casa. La sensación de soledad era terrible. Buscaba algún garito abierto, calles con mucha luz, escaparates en los que distraerse. Así hasta el amanecer, cuando la luz del sol le devolvía su imagen decrépita reflejada en las cristaleras y corría a casa a refugiarse.

Cuando no podía aguantar más la soledad, llamaba a Clara para preguntar por Manu. Pero ella nunca respondía a sus llamadas. Le había bloqueado el teléfono. Probaba a llamarla desde una cabina, pero en cuanto ella reconocía la voz de Jimi cortaba rápidamente. A Jimi apenas le daba tiempo a balbucear unas palabras.

La única persona que respondía con amabilidad a sus llamadas era Esteban, el hermano de Clara.

—Se portó bien conmigo. Eso tengo que reconocerlo. Me prestó dinero cuando me quedé sin blanca. A veces me lo gastaba en cerveza, que era lo más barato, y no me quedaba ni para comer. Era brutal. No sé cómo se puede llegar a eso.

Esteban admiraba al Jimi de los buenos tiempos, al guitarrista, al compositor. Guardaba recortes de periódico de aquella época y tenía todos los discos de Samarkanda firmados por Jimi. A veces quedaban para tomar algo y Jimi empezó a darse cuenta de que Esteban buscaba sitios lejos de su casa.

—Era para que su mujer no se enterase de que nos estábamos viendo. Supongo que pensaba que yo era una mala influencia para su marido. Y a lo mejor tenía razón. Él era el único que me aguantaba.

Cuando a Jimi lo echaron por segunda vez de un apartamento por no pagar, Esteban le ofreció quedarse en su casa un par de días hasta que encontrara otra cosa. Pero Jimi sabía que no iba a encontrar otra cosa. Además, no quería causarle problemas y sabía que, si aceptaba su invitación, los iba a tener. Fue la última vez que le prestó dinero. Sin embargo, el dinero voló pronto.

Fue entonces cuando Jimi pensó que ya había tocado fondo y que, a partir de ese momento, ya no podría irle peor. Creía que eso era imposible. Sin embargo, estaba equivocado. Todavía estaba en la antesala del infierno. Lo peor estaba aún por llegar.

Jimi se fue a vivir a su vieja furgoneta, lo único que había conservado de valor, además de dos guitarras. Aquella fue su vivienda durante cinco o seis meses. Movía el vehículo de vez en cuando para no llamar la atención de la gente, pero apenas tenía dinero para llenar el depósito. Vivía de lo que sacaba tocando la guitarra en la calle. Ya no era tan emocionante como a los dieciocho años. Ahora lo hacía sin ganas, sin disfrutar de lo que tocaba. Su distonía le impedía tocar con normalidad, pero no necesitaba demasiado esfuerzo para sacarle cinco o seis acordes medio decentes a la guitarra. Se buscó sus trucos para tocar con los dedos de la mano derecha contraídos.

Cuando empezó el invierno decidió viajar al este, en busca del mar y de mejor tiempo. Estuvo dando vueltas por Calpe, Benidorm y finalmente se quedó en Altea, donde conoció a otros músicos y artistas callejeros que se ganaban la vida como él. Su situación mejoró algo. Tocaba en la calle y se sacaba lo justo para comer y pagar el *camping* en el que vivía dentro de la furgoneta. Aunque el alcohol y los ansiolíticos no eran el centro de su vida, seguía enganchado. No conseguía controlar su dependencia.

—Si no quieres hablar de eso, Jimi, pasamos a otras cosas.

—No hay problema. Yo hablo de todo. Antes no. Antes me costaba trabajo.

Una noche de final de verano, Jimi había estado tocando en la plaza, la parte alta de Altea, junto al mirador. No le había ido mal. Los turistas habían sido generosos. Cuando la plaza se quedó vacía, Jimi metió la guitarra en la funda y se marchó paseando tranquilamente hacia el *camping,* a dormir en la furgoneta. Estaba más animado que en otras ocasiones. No había probado ni una gota de alcohol en todo el día. Pero de pronto, cuando estaba en el paseo marítimo, oyó el sonido de las monedas que había guardado en un saquito y sintió la tentación de pararse a tomar una cerveza. «Solo una», se dijo a sí mismo.

Entró en el garito de una pareja alemana a la que había conocido al poco de llegar a Altea. Era tarde y estaban a punto de cerrar. La música que sonaba le templó el ánimo. Solo había una pareja, sentada en dos taburetes al otro extremo de la barra. Jimi se pidió una cerveza y no pudo evitar oír la conversación de aquellos dos. Ella era española y él hablaba con acento extranjero. Era imposible no oírlos; estaban discutiendo. Jimi se bebió en tres tragos la cerveza que le había servido Klaus. El hombre hablaba a gritos y la mujer se tapaba la cara con las manos. Klaus les llamó la atención y el tipo de la barra se encaró con él. Jimi observaba impasible. La mujer lloraba y el hombre empezó a chillarles a ella y a Klaus. Entonces, aquel tipo la agarró de la mano y tiró fuerte de ella. La mujer no quería irse con él. Klaus lo amenazó con llamar a la policía. El tipo tiraba con fuerza de la mujer hacia la puerta de la calle. Luego la agarró por el pelo para que no se resistiera. Y la arrastró por el suelo. Fue en ese momento cuando Jimi se puso en pie y fue hacia ellos con la botella en la mano. Según Jimi, ni siquiera era consciente de que llevaba la botella. Todo ocurrió muy deprisa.

«Suéltala o te parto la cara», intervino Jimi.

El tipo se volvió hacia Jimi y le gritó con mucha violencia algo que él no pudo entender.

«Que la sueltes, te digo», replicó Jimi.

En ese momento el tipo, fuera de sí, le dio una patada a la mujer, que seguía en el suelo, y acto seguido se abalanzó sobre Jimi. Según él, todo pasó en pocos segundos. Cuando se dio cuenta estaban los dos en el suelo, forcejeando, mientras Klaus ayudaba a levantarse a la mujer. El tipo fue más rápido que Jimi. Consiguió ponerse en pie e intentó darle una patada a Jimi. Este la esquivó y el hombre cayó al suelo otra vez. Jimi agarró algo del suelo, levantó el brazo y lo dejó caer con todas sus fuerzas sobre la cabeza de aquel individuo. Se quedó con el cuello de la botella en la mano. El hombre ya no se levantó. Cuando llegó la ambulancia aún estaba vivo, pero entró en parada cardíaca y murió.

La mayor parte de lo que sucedió después se había borrado de la mente de Jimi. Lo siguiente que recordaba con claridad era la celda de un calabozo y los pies metidos en su propio vómito. Eran imágenes confusas: la declaración ante la policía y ante el juez, una abogada a la que no conocía...

—Me acuerdo del momento en que le sacudí a aquel tipo en la cabeza y luego es como si se hubiera apagado la luz y solo me vienen voces, la sirena de la ambulancia o de la policía, no sé, y cosas así. Lo del juicio y todo eso sí lo recuerdo, pero ahí ya me daba todo igual. Era como si se me hubieran acabado las pilas. No tenía ni fuerzas para hablar. Luego, en el trullo tuve mucho tiempo para pensar en todo, pero no conseguía recordar bien. Puede que sea mejor así. En la cárcel, si piensas mucho te vuelves loco. Es mejor vivir sin darle vueltas a la cabeza: hacer la cama, las duchas, el patio, la comida, los talleres, la terapia. Debes tener el coco ocupado si no quieres que se te vaya la chola. Y, en el fondo, creo que tuve mucha suerte.

—¿Suerte? ¿Por qué?

—Bueno, ya sabes, empezaron a llegarme las cartas de Rosa. ¿No te lo ha contado ella?

—Sí, claro.

—Pues eso, que me aferré a las cartas como si fueran un bote salvavidas en el hundimiento del Titanic.

—Pero ella me ha comentado que tardaste mucho en responderle.

—Bueno, sí, por hacerme el interesante. Ja, ja, ja. No, bueno, es de coña. Lo que pasaba era que me daba miedo a cagarla otra vez.

—¿Qué quieres decir?

—Pues eso, que si te escribe una tía guay que te admira y te cuenta aquellas cosas que me decía Rosa, te entra el canguelo, tío. Yo estaba hecho un asco, un desecho humano, te lo juro. Y ella me veía como al Jimi de los buenos tiempos, el de Samarkanda y todo eso. Pero luego ya sí le escribí y vino a verme, ya sabes.

—Sí, ya sé.

—Rosa me salvó incluso antes de salir de la trena.

Jimi y Rosa se pusieron a hacer planes rápidamente. Rosa Winchester quería que Jimi volviera a ser Samarkanda. Ella tenía equipos y una nave en la que se juntaba con algunos amigos para tocar. Además, contaba con la Flaca y el Mono, que estaban entusiasmados con la idea.

—El primer día que nos reunimos los cuatro para ver si podíamos tirar para delante, cogí la guitarra de Rosa y empecé a temblar. Me temblaban hasta las orejas. Era como si me encontrara en el polo norte. Pero todo estaba aquí dentro, en el coco. Tenía la mano derecha agarrotada. Otra vez lo de siempre. Ellos me miraban y no decían nada. Les expliqué lo que me pasaba, lo de la distonía y ese rollo. Y lo entendieron. Le quitaron importancia y me dijeron que no pasaba nada. Pero yo sabía que estaban decepcionados conmigo. Bueno, eso creía yo. Es que no podía ni cantar. Se me hacía un nudo en la garganta y no me salía la voz.

Samarkanda revivió, pero Jimi ya no pudo tocar con ellos. Fue un golpe duro que trató de encajar como pudo. Ni siquiera era capaz de componer. Estaba bloqueado.

—Antes, hace mucho tiempo, yo me sentaba en cualquier sitio a ver a la gente pasar, y sin necesidad de tener una guitarra en la mano me venían los acordes a la cabeza. Y las letras, tío, las letras me salían solas, como si alguien me las estuviera dictando al oído y yo solo tuviera que escribirlas en un papel. Pero después de la cárcel no me venía nada. Como si me hubiera quedado tonto.

Los apoyos de la Flaca, el Mono y Rosa Winchester le ayudaron a aceptar aquella realidad. Pero no volvió a componer ni a tocar la guitarra. Sin embargo, formó parte del grupo con la misma ilusión y fuerza que los demás.

En las actuaciones, Jimi se hacía invisible, siempre oculto tras la mesa de sonido. La música que tocaban no le gustaba; es más, la detestaba, pero aguantaba paciente el tiempo que hiciera falta hasta la hora de terminar. Entonces los tres músicos anunciaban por el micrófono que iban a tocar un tema muy especial compuesto por Jimi, el gran Jimi, y él se encogía de miedo y de agradecimiento. Al final tocaban dos temas, no siempre los mismos. Y eran minutos de felicidad para Jimi.

—Eso me salvó de muchas otras cosas. Fíjate qué tontería, apenas seis o siete minutos, pero ese tiempo era como volver al pasado, al de la época gloriosa. Me daba igual que tocáramos *Los pajaritos* y toda esa basura de verbena. Me daba igual porque sabía que al final mis colegas iban a hacerme feliz. Si no hubiera sido por esos minutos, creo que me habría vuelto loco.

Manu

Voy cruzando el calendario

—Supongo que la decisión de venirte a vivir con tu padre no fue premeditada.

—No lo pensé mucho, esa es la verdad. Lo que quería era irme de aquella casa porque no aguantaba más la situación. Yo quería mucho a mi tío, pero no soportaba a mi tía. Antes, cuando vivía mi madre, mi tía era cariñosa conmigo. Luego me di cuenta de que todo era mentira, de que fingía. Lo primero que se me ocurrió fue irme con Jimi, salir corriendo de allí. Ahora ya puedo contarlo porque ha pasado tiempo y me da igual que lo sepa él, pero mi plan era venirme aquí y luego escaparme. Irme lejos, donde nadie pudiera encontrarme.

—¿Con quince años?

—Bueno, eso tampoco lo pensé mucho. Quería escaparme como fuera. Lo del dinero, la edad y lo demás ni me preocupaba.

En aquel entonces Manu sentía que su mente estaba atrapada en una cápsula opaca. No era capaz de ver un horizonte más allá del momento y el lugar en que se encontraba. Se dejó llevar por un impulso sin calcular las consecuencias. En realidad, le daba igual.

Jimi apenas tardó cinco horas en presentarse en casa de Esteban. Llegó con su furgoneta y la dejó mal aparcada en la puerta del edificio. No quería perder ni un solo minuto. Apenas había tenido tiempo para sacar algo de dinero y echar tres o cuatro cosas en una mochila por si tenía que quedarse una noche en Madrid. Sin embargo, todo fue muy rápido y en menos de una hora ya conducía de regreso a Alicante con Manu.

El encuentro entre los dos fue muy frío. Se dieron la mano y cruzaron algunas frases de saludo, como de compromiso. La cara de los tíos de Manu reflejaba la tensión que se vivía en aquella casa. No hubo muchas explicaciones.

«Estamos seguros de que la decisión que ha tomado Manu es la mejor», dijo Bárbara, evitando cruzar la mirada con la de su sobrino.

Apenas tuvieron tiempo de despedirse. Manu había guardado todas sus cosas en tres maletas. Fue amargo comprobar que su vida entera cabía allí. Por suerte, todo ocurrió muy deprisa y no le dio más vueltas.

Cuando bajaron a la calle, un policía estaba poniéndole una multa a la furgoneta de Jimi. Hubo un momento de cierto nerviosismo.

«¡Joder, si solo he subido un minuto para recoger a mi hijo!», le gritó Jimi.

Manu sintió vergüenza al oír la manera en que se dirigía al policía, que ponía cara de circunstancias, como si aquello no fuera con él. Cuando el policía se alejó, Jimi cogió la multa del parabrisas y se la guardó en el bolsillo después de hacerla una bola. Y siguió despotricando contra el mundo hasta que se dio cuenta del gesto serio del chico.

Hicieron la mayor parte del viaje en silencio, un silencio tenso y desagradable que Manu no había olvidado mucho tiempo después. Él casi ni habló y, cuando lo hizo, fue con monosílabos.

«¿Tienes hambre?».

«No».

«Cuando tengas hambre, me lo dices y paramos».

«Bueno».

«¿Y sed? ¿Quieres beber algo?».

«No».

«¿No quieres un café? Bueno, a lo mejor no tomas café todavía».

«No quiero nada».

Luego estuvieron un par de horas sin hablar, oyendo música en la radio, hasta que Jimi tuvo que parar para llenar el depósito.

Entraron en una cafetería del área de servicio y Jimi se pidió un café.

«¿De verdad no quieres nada?».

«No».

Jimi hablaba con todo el mundo, con la camarera, con el hombre que había en la barra junto a ellos, con el cajero del autoservicio, con un tipo que pasaba por allí y se quedó embobado con la cazadora de Jimi... Y, mientras, Manu miraba a todas partes, incómodo, desubicado, perdido.

Cuando subieron a la furgoneta, el chico pronunció la frase más larga que Jimi le había oído en todo el día:

«Mira, no hace falta que te esfuerces en hacerte el simpático conmigo. Puede que sea verdad que eres mi padre, pero yo no lo he elegido. Y tú tampoco, supongo». Jimi enmudeció. Ni siquiera miró al chico, o quizás lo miró de reojo. «Y otra cosa... Te agradecería que no soltaras más tacos».

—Bueno, me salió así. Yo no estaba acostumbrado a tratar con gente como Jimi. Mi madre jamás dijo una palabrota. Me molestaba mucho que hablara en plan *poligonero*. Ahora Jimi ha cambiado un montón, por suerte, y se corta bastante, aunque de vez en cuando se le escapa algún taco.

La primera vez que Manu vio a Luna fue en la tienda de discos de la calle Quintana. Le produjo una sensación desconcertante y contradictoria. Demasiadas novedades en tan poco tiempo. La chica estaba detrás del mostrador, con sus rastas y su aspecto posmoderno. Sonreía, pero a Manu le pareció una sonrisa forzada.

«Ella es Luna», me la presentó escuetamente Jimi.

Según Manu, Luna clavó la mirada en él desde el momento en que entró en la tienda, y se dedicó a observarlo sin disimulo, con un gesto que a él le pareció de antipatía. A Manu lo intimidó su forma de examinarlo de arriba abajo. Luna le dio dos besos apresurados, de mero formalismo, y su perfume quedó prendido en las mejillas del chico, que apenas alcanzó a pronunciar algunas palabras ininteligibles.

Manu no sabía casi nada de la vida de Jimi. Lo primero que pensó fue que Luna podía ser hija suya, pero no hizo preguntas. Se sentía raro. Jimi, finalmente, aclaró su duda.

«Luna es hija de Rosa. ¿Te acuerdas de Rosa?».

Manu asintió con un gesto seco. Por supuesto que se acordaba. Recordaba su forma estrafalaria de vestir.

Y al ver a Luna frente a él, le pareció encontrar cierto parecido entre las dos.

Jimi le enseñó la tienda y le contó algunas cosas del negocio.

«Te parecerá una locura tener una tienda de discos de vinilo en el siglo XXI, ¿verdad? Pues hay mucha gente que los prefiere y tenemos clientes de todas partes del mundo. Ahora estamos empezando a vender mucho a través de Internet».

A Manu no le interesaba en absoluto lo que estaba contando. O, más bien, fingió que no le interesaba nada. Su pensamiento estaba centrado en los planes de marcharse de allí en cuanto pudiera; lo antes posible. Luna lo observaba en silencio, con disimulo. De vez en cuando Manu la miraba y ella apartaba rápidamente sus ojos de él.

«Vamos a casa», dijo Jimi. «Rosa estará deseando verte».

¿Deseando verlo a él? A Manu le sonó falsa aquella frase. Cada minuto que pasaba se sentía más incómodo.

La casa de Jimi estaba justo encima de la tienda de discos. Era un edificio viejo y destartalado donde la mayoría de los pisos estaban vacíos. Aquello no se parecía en nada a la casa donde había vivido con su madre. Un pasillo largo, de cuyas paredes colgaban objetos a veces incalificables; otros, sin embargo, se podían reconocer: una guitarra sin cuerdas, marcos sin nada dentro, fotografías sin marco, unos bongós, un espejo que devolvía la imagen deformada, una bicicleta sin ruedas colgada del techo, etc. Excepto los dormitorios, el resto de las habitaciones no tenían puertas, sino cortinas de canutillo. Además, la casa olía a sándalo. A Manu no le daba tiempo a observarlo todo.

Rosa Winchester estaba en mitad del pasillo. Llevaba unos pantalones enormes de colores chillones. A Manu le recordaron los pantalones de los payasos del circo. Le pareció que había cambiado el color del pelo, pero no estaba seguro; lo llevaba recogido en un moño. Iba descalza. Su madre reñía continuamente a Manu cuando caminaba descalzo por la casa. Rosa estaba apilando un montón de cajas. Le dio dos besos al chico y le pasó la mano por el pelo en un gesto que pretendía ser de cariño.

«¿Todo bien?», le preguntó a Jimi.

«Más o menos», respondió él sin mucho entusiasmo.

«Ya veo». Rosa tomó a Manu por el brazo y tiró ligeramente de él. «Mira, esta va a ser tu habitación. ¿Te gusta?». Era un cuarto pequeño, lleno de trastos, aunque la mitad ya estaba en el pasillo. «No me ha dado tiempo a terminarlo. Además, Jimi quiere pintarlo como a ti te guste más».

—Me llevé un soponcio cuando vi el lugar donde querían que durmiera. Más que un dormitorio, era un trastero. Todo resultaba tan raro en aquella casa. Y yo en lo único que pensaba en ese momento era en marcharme cuanto antes, así que le dije que sí, que muy bien, que me gustaba mucho.

Rosa Winchester le enseñó el resto de la casa. Jimi iba detrás, callado, con gesto de preocupación. Rosa se volvía de vez en cuando para mirarlo y le hacía gestos disimulados para que sonriera. Manu se daba cuenta de todo. Estaba arrepentido de la decisión que había tomado. No había sido buena idea ir a la casa de su padre.

—Tenía algo de dinero que había ahorrado. El dinero de mi madre también era mío, pero lo administraba mi tío Esteban. Y luego contaba con el piso de Madrid, que estaba en venta y valía una pasta. Pensaba en eso tratando de animarme. De momento, sacaría un billete de tren para ir a cualquier parte. Me rayé con esa idea.

Esa noche cenaron los cuatro en la cocina. Rosa Winchester hizo un esfuerzo por preparar una buena cena, que a Manu le resultó de lo más normal: tortilla de patatas con cebolla. Rosa se justificó asegurando que la cocina no era lo suyo. A Manu, sin embargo, le terminó sabiendo a gloria. Casi no había comido en todo el día. Devoró la tortilla. Jimi hablaba poco. De vez en cuando soltaba algún taco, miraba a su hijo y se disculpaba. Rosa lo reprendía con los ojos. Luna no hablaba demasiado. Fue amable con Manu, pero lo justo nada más. Sospechaba que le había caído fatal a la chica. Luna hablaba con Jimi y con Rosa, pero no se dirigía directamente a él, excepto para pedirle la jarra de agua, el pan o cualquier otra cosa de la mesa.

Jimi quiso saber qué color prefería Manu para pintar su habitación. Él se encogió de hombros. Le daba igual. En realidad, pensaba que cuando la habitación estuviera pintada él ya se encontraría muy lejos. Esa noche Manu durmió en el sofá del salón. Dormir sería mucho decir. Se pasó la mayor parte del tiempo mirando al techo, con los ojos muy abiertos, escuchando los ruidos de la calle. Las imágenes de su casa de Madrid se mezclaban con las de aquellas paredes pintadas de rojo y con los dibujos que formaban las grietas del techo.

Mentalmente hizo un lista de las cosas que necesitaba para marcharse: la ropa, las zapatillas mejor que las botas, algo de abrigo quizás. Luego sacó su libreta y empezó a escribir de forma automática: ideas, imágenes, sensaciones, recuerdos. De vez en cuando releía lo que había anotado en días anteriores y le parecía que lo hubiera hecho otra persona. Casi de madrugada cogió el móvil y escuchó docenas de veces el último mensaje de voz que le había enviado su madre.

Manu cree que serían las seis y media de la mañana, más o menos, cuando escuchó una voz que le hablaba desde la puerta en un tono que a él le resultó desagradable:

«Venga, tío, levántate ya, que tenemos muchas cosas que hacer».

Se volvió y vio las rastas de Luna.

«¿Muchas cosas que hacer? ¿Pero qué tenemos que hacer?».

«¿A ti qué te parece? Por muy hundido que estés, y lo entiendo, la vida sigue, tío. Espabila, que nos vamos».

«¿Irnos? ¿Adónde?».

«Yo tengo clase a las ocho en el insti. Y tú has de matricularte, ¿no? Espero que hayas traído papeles y cosas así. Jimi me ha pedido que te acompañe a secretaría por si necesitas ayuda. A él se le dan fatal estos asuntos».

Manu no se atrevió a protestar. Se sentía intimidado. Se levantó y se vio reflejado en un espejo. Su imagen le pareció ridícula, con aquel pijama de diseño tan mono que le había comprado su madre y que no encajaba en absoluto en aquella casa. Le pareció, incluso, que Luna dibujaba una sonrisa burlona al verlo. Pero quizás eso no fuera más que producto de su imaginación.

«Supongo que querrás ducharte. Ya sabes dónde está el baño. No hay agua caliente, te lo advierto. La caldera está rota y hasta la tarde no puede pasarse el Mono para arreglarla».

Manu se quedó con ganas de preguntar quién era el Mono, pero no se atrevió. Miró sus maletas abiertas y en ese instante pensó que no iba a ser tan fácil escaparse de aquella casa de locos.

Luna

Con igual velocidad

—Bueno, sí, un poco de celos sí que tuve al principio. Eso es normal, ¿no? Ni siquiera sé si se podrían llamar celos. De pronto sentí que todos me borraban un poco de sus vidas, incluso Lorena. Ya sé que no fue así, pero esa era la sensación que tenía. Eso no se puede controlar, creo yo; pasa así y ya está. Obviamente.

—¿Y qué impresión te dio Manu cuando lo viste por primera vez?

—Ufff. Fatal. Me pareció un estirado. Sí, eso creo que fue lo que pensé nada más verlo. Un estirado y un engreído. Pero solo al principio.

Luna había pasado sin dormir la noche anterior a la llegada de Manu. Todo había sido muy precipitado. Una llamada de teléfono. Cuchicheos y secretos entre su madre y Jimi. Y, de pronto, Jimi se marchó a Madrid con mucha prisa, sin darle explicaciones a ella.

«¿Qué ha pasado?», le preguntó Luna a su madre.

«Es el hijo de Jimi… Acaban de llamar para que vaya a recogerlo. Se viene a casa».

Las palabras «hijo de Jimi» le sonaron a Luna como una traición. Manu, hijo de Jimi; Jimi, padre de Manu. Sí, aquello se asemejaba bastante a los celos, aunque no quería reconocerlo. Trató de quitarse de encima aquella sensación desagradable, pero no podía.

Luna había llevado hasta ese momento una vida más o menos tranquila. Estaba empezando 2.º de bachillerato y quería centrarse en sus estudios y en el conservatorio. Antes del verano había roto con un chico con el que había salido tres meses y que le controlaba los wasaps, las salidas, las horas de llegada a casa, con quién iba o con quién dejaba de ir. Lo último que deseaba en aquel momento era un elemento perturbador en su vida. Necesitaba tranquilidad en todas sus acepciones.

Cuando al final de la tarde vio entrar en la tienda a Jimi con su hijo, se quedó paralizada. Intentó sonreír; fue incapaz. Manu era clavado físicamente a su padre. Tan feo como Jimi, pero con ese atractivo que estaba por encima del físico. Lo primero que pensó fue que el chico jamás estaría a la altura del padre, por mucho que se pareciera a él.

—Me resultó, además, antipático a primera vista. Intenté buscarle todos los defectos. Lo cierto es que estaba muy cortado el pobre, pero, en vez de pensar que era por la situación tan chunga por la que estaba atravesando, yo me decía a mí misma que era por chulería, por hacerle la puñeta a Jimi, yo qué sé. Ahora reconozco que no fui justa con él al principio, pero en ese momento te juro que me llevaban los demonios por dentro. No me gustaba la forma en que trataba a Jimi, con aquella frialdad, como si fuera uno que pasaba por allí.

Esa noche Luna tampoco durmió. Por su cabeza desfilaron una y mil veces las imágenes de la cena, el rostro serio y antipático de Manu. Cuando el chico se fue a dormir al salón, Jimi habló con ella y le pidió que lo acompañara al día siguiente al instituto para matricularse.

«Sí, tranquilo, yo me encargo», dijo Luna, aunque lo último que le apetecía era hacer precisamente eso, encargarse de Manu.

«Eres un ángel».

«Sí, un ángel sin alas», añadió Luna, que siempre remataba así la frase típica de Jimi.

Si Luna aceptó encargarse de la matrícula de Manu en el instituto fue porque no podía negarle nada a Jimi, y porque él no era un hombre práctico: las facturas, los papeleos, los trámites burocráticos eran un mundo incomprensible para él. Además, Jimi quería dedicarse aquella mañana a terminar de arreglar el cuarto de su hijo, adecentarlo, pintarlo y dejarlo «como un palacio». Esas fueron sus palabras exactas.

Aquella mañana Luna montó a Manu de paquete en la moto y se dirigió al instituto sin ningún entusiasmo. La noche anterior le había mandado un mensaje a su amiga Lorena para decirle que iría con Manu al insti y que necesitaría su ayuda. La madre de Lorena trabajaba de administrativa en la secretaría del centro.

«OK. No problem», respondió enseguida Lorena.

Luna y Lorena se conocían desde primaria. Desde entonces habían sido inseparables. Las dos habían compartido muchas cosas buenas y malas, desengaños, varios marrones y una crisis existencial de Lorena que a punto estuvo de costarle repetir 4.º de ESO.

—¿A qué te refieres con crisis existencial?

—Pues eso, a paranoias de Lorena. De repente le da por pensar en el sentido de la vida, en lo inútil de los estudios, en que no quiere desperdiciar los mejores años de su vida tocando el piano mientras se pierde mil cosas. Lorena es muy así. Se le mete algo en la cabeza y se raya, tío. Es muy inteligente, pero se come el coco demasiado. En fin, ya sabes… Supongo…

—Sí. Vale. Sigue.

Luna había hablado algunas veces con Lorena sobre el «hijo recién descubierto» de Jimi. A Lorena le había resultado interesante aquella historia y le despertaba mucha curiosidad.

Cuando Lorena conoció a Manu esa mañana lo miró de arriba abajo y dijo:

«Eres clavadito a tu padre, tío». Y Manu le sonrió. «Mira, pero si se pone colorado y todo, pobrecito».

«Bueno, vamos a dejarnos de tonterías, que tenemos que hacer la matrícula y todo ese rollo», interrumpió Luna.

«Vale, pero relájate un poquito, guapa, que todavía no son las ocho y ya estás estresada».

Tal vez Luna esperaba que Lorena tratara a Manu con distancia, que se mostrara antipática, pero no fue así. Esa misma tarde, las dos hablaron en el conservatorio y Lorena le confesó que le había caído bien su nuevo hermano.

«No es mi hermano, ni nuevo ni viejo, ¿entendido? Es el hijo de Jimi. Y punto».

«Bueno, chica, no te pongas así, que no es para tanto».

«Vale, pues no vuelvas a llamarlo "mi hermano"».

«Pues perdona si te he ofendido».

«No me has ofendido. Y perdona tú, es que llevo un par de días muy malos».

Luna temía que la irrupción de Manu en su vida lo trastocara todo, que rompiera el equilibrio que tanto trabajo le había costado conseguir en los últimos tiempos. Trató de convencerse de que lo que hiciera o dejara de hacer Manu no le iba a afectar. Sin embargo, veía cómo Jimi se esforzaba por ganarse la confianza del chico sin obtener ningún resultado.

Para colmo, le pareció que Manu se relajaba un poco cuando estaba con Rosa, que se volvía más natural, incluso hacía gestos que podrían parecerse, remotamente, a una sonrisa. Eso le daba más rabia aún.

Jimi se desvivía para que Manu estuviera cómodo en su nueva casa y con su nueva vida. Se pasó dos días pintándole el cuarto y compró algunas cosas: una mesa de trabajo, un ordenador portátil y cosas así. Pero Manu ya tenía su propio ordenador, mucho mejor que el que había comprado Jimi, y lo miraba todo como si sintiera desprecio. Jamás salió de su boca un «gracias», ni nada similar.

—De verdad que había veces en que me daban ganas de estrangularlo. No quiero decir estrangularlo de verdad, ya me entiendes, pero sí darle dos tortas y soltarle: «¿Qué te pasa, tío? ¿No te das cuenta de lo que estás haciendo con Jimi? Lo tratas como a un perro, peor que a un perro. Eres un...». Bueno, ya sabes lo que quiero decir, ¿no?

Por suerte para Luna, las clases en el conservatorio por las tardes la mantenían muy ocupada, y eso la ayudaba a olvidarse de Manu; al menos unas horas al día. Si no hubiera sido por Manu, se podría decir que Luna era una chica feliz. Pero Manu lo enturbiaba todo.

Para empezar, Luna se dio cuenta de que Lorena empezaba a hacerle más preguntas de la cuenta sobre Manu: sobre la madre del chico, sobre su relación con Jimi y cosas por el estilo.

«Pregúntale a él. Yo sé poco de su vida y tampoco me interesa demasiado».

«Ya le he preguntado, pero es poco hablador».

«¿En serio? ¿Ya le has preguntado?».

«Sí, ayer me lo encontré por casualidad en la biblioteca, en el recreo, y estuvimos hablando un rato. ¿Sabes?, no es tan borde como tú lo pintas».

«¿Tú en la biblioteca en el recreo? ¿Pero no fuiste a ver a la de Lengua por lo del examen?».

«Bueno, sí, pero es que me dijeron en la sala de profesores que estaba en la biblioteca y... Sí, en la biblioteca, ¿qué pasa?».

«Tía, yo alucino contigo».

«Tú es que alucinas con todo, creo yo. Tu nuevo hermano es un poco rarito. ¿Sabes que se pasa los recreos escribiendo cosas en una libreta?».

«¿Ahora va a resultar que lo espías?».

«No, tía, no lo espío, pero es que me pica la curiosidad saber qué escribe a todas horas».

«Pues yo pienso que escribe precisamente para hacerse el interesante. En casa también lo hace y yo creo que no escribe nada».

«Entonces, ¿tú también lo espías?».

«Mira, cambiemos de tema, que te estás poniendo muy pesada».

—Empecé a darme cuenta de que Lorena tenía interés por Manu. No interés de interesarle, sino interés del otro.

—No te entiendo.

—Ay, no sé. No estoy diciendo que le gustara Manu, aunque a lo mejor al principio sí le gustaba un poco, no sé. Pero tenía curiosidad por saber cosas de él y, como Manu no hablaba mucho, ella estaba picada. Ufff, es que no sé cómo explicarlo.

Cada noche Lorena y Luna hablaban por el móvil como si no se hubieran visto esa misma mañana en el instituto e incluso, a veces, esa misma tarde en el conservatorio. Y al final terminaba apareciendo el nombre de Manu en la conversación. Manu por aquí, Manu por allá. No eran celos, sino rabia. O eso contó Luna. La relación de Luna y Manu era correcta, sin tensiones, pero no pasaba de ahí. Sin embargo, Lorena lo describía como un tipo ingenioso, sarcástico, irónico, interesante.

«Tía, cualquiera diría que te gusta».

«Pues no, porque tiene un año menos que yo y ya sabes lo que pienso yo de los mengajos», respondió Lorena.

«Sí, ya sé lo que piensas. Pero también me dijiste que nunca volverías a dirigirle la palabra a Javier, y ya ves cómo terminó la cosa».

«Eso ha sido un golpe bajo, tía».

«Lo siento… No quería…».

«Vale, da igual, déjalo. Paso».

Lo último que Luna habría deseado era que su relación con Lorena se estropeara por culpa de Manu, un extraño que se había colado en su vida sin que ella lo hubiera podido evitar.

A pesar de eso, Luna procuraba por mostrarse simpática con Manu. Es verdad que no le perdonaba la frialdad con que trataba a Jimi, pero siempre pensó que era cuestión de tiempo que entre los dos se produjera cierta conexión, aunque fuera mínima, que derrumbara la barrera que el chico había establecido con su padre.

Rosa Winchester, además, le preguntaba cada noche sobre cómo veía al chico.

«No sé, yo creo que lo que hace con Jimi no es justo. Lo trata como a un extraño».

«Es normal, ¿no? En realidad, son dos extraños. Apenas se conocen».

«Pero nos trata mejor a ti y a mí que a Jimi».

A Luna le sorprendía que su madre tuviera tanta paciencia con Manu. Ni siquiera con ella había sido nunca tan paciente. Sin embargo, siguió esforzándose por no demostrar la desconfianza que sentía hacia Manu.

Casi cada día iban al bar de la Flaca y el Mono, los otros dos componentes de Samarkanda. Para Luna eran como de la familia, como si fueran sus tíos. El bar estaba cerca de casa, al lado del Mercado Central.

—¿Y sabes lo peor de todo? Que con ellos era simpático. No digo supersimpático, pero sí se comportaba con normalidad, como si los conociera de siempre. Eso me sacaba de quicio. Con el único con el que se ponía más tieso que un palo era con Nacho. Yo al principio no entendía por qué, pero un día hablamos de eso y se aclaró todo. Más o menos.

—Explica quién es Nacho.

Nacho era hijo de la Flaca y el Mono. Tenía veinte años y trabajaba con sus padres en el bar. Cuando ellos tenían actuación, Nacho solía quedarse a cargo del bar. Era un chico guapo, simpático y especialmente atento con Luna. Tocaba la batería y era bastante bueno con la percusión en general, aunque no aspiraba a tocar con ningún grupo. Luna y él se conocían desde que eran pequeños. Habían jugado entre guitarras eléctricas y amplificadores durante su infancia. Habían compartido muchas cosas e incluso en algún momento, cuando tenía diez años, Luna habría creído estar enamorada de él.

—Cosas de la edad, ya sabes. Pero Nacho era para mí como un hermano. Y lo es todavía, aunque ahora se ha echado esa novieta pija y ya casi no le veo el pelo si no me paso por el bar.

—¿Tú crees que Manu tenía celos de Nacho?

—Eso mejor se lo preguntas a él.

Rosa Winchester

Subrayando en mi diario

—Me contabas que esa época en que vino Manu fue muy complicada para todos.

—Sí, muy complicada. Nos había costado mucho esfuerzo salir adelante con la tienda de discos. Hasta que las cosas comenzaron a ir bien pasó bastante tiempo. Yo siempre vivía en vilo, con miedo. Temía que Jimi volviera a recaer. Eso era algo que no conseguía quitarme de la cabeza. Lo veía feliz con su nueva vida, pero no estaba segura del todo. No sabía si la tienda podía convertirse en una cárcel para él. Tenía mis dudas, vamos.

—¿La idea de tener una tienda de discos no fue de Jimi?

—No, no. Él lo hizo porque sabía que era un sueño para mí. Cuando empezamos a tocar juntas Mónica, Cristina y yo, lo habíamos hablado muchas veces. Era algo sobre lo que fantaseábamos cuando estábamos cansadas de tanta carretera. «Cuando seamos mayores y no podamos subir al escenario por la artrosis y el reúma, pondremos una tienda para vender nuestros propios discos». Lo decíamos medio en broma, medio en serio, pero lo pensábamos de verdad. A las tres nos encantaba el vinilo, con esas portadas que se hacían antes. Y eso que nosotras no llegamos a grabar nunca un disco. Solo maquetas. Luego Cristina murió, ya lo sabes, el mismo día que cumplía treinta años. Eso sí que fue un palo gordo. Mónica y yo nos quedamos hechas polvo, ya te puedes imaginar. Todavía me acuerdo y me entra una tristeza tremenda. No sabíamos qué hacer con nuestras vidas. Era como si nos hubiéramos quedado huérfanas. Nos juntábamos para tocar algo y éramos incapaces de sostener la guitarra. Es como un bloqueo emocional que te paraliza: la guitarra significa muchas cosas, como las personas. Solo alguien que ha pasado por ello puede comprenderlo. Por eso yo entiendo muy bien por lo que ha estado pasando Jimi. A veces yo le hablo a la guitarra y siento que ella me contesta. No te rías. Pensarás que estoy loca, pero sé lo que digo.

—¿No buscasteis a otra persona para seguir con el grupo después de la muerte de Cristina?

—Qué va, qué va. A veces lo hablábamos y nos poníamos a llorar. Luego Mónica se casó y se fue a vivir a Valencia. Eso también fue un palo, porque me quedé como pollo sin cabeza. Perdida. Me puse a buscar trabajo. Cualquier cosa. Me daba igual. Tenía que salir adelante. Sobre todo por Luna. También por mí, claro. Estuve a punto de tirar la toalla y pedirle ayuda a mi padre. Ya sabes que no nos hablábamos. Pero el orgullo pudo más. Entonces me tropecé con la Flaca y el Mono, que son geniales. Ya los conoces. Y durante un tiempo estuve currando con ellos en el bar. Fue duro trabajar y criar a Luna, pero sobrevivimos las dos.

La Flaca y el Mono habían tocado en otras bandas, cada uno por su lado, hasta que las cosas empezaron a irles mal y tuvieron que reinventarse. Un día se encontraron en la cola de la oficina de empleo, se cayeron bien, quedaron otro día para verse y hablar de música, se enamoraron y finalmente asumieron a medias el traspaso de un bar cerca del mercado. Rosa Winchester conocía a la Flaca desde hacía tiempo. Habían coincidido en algunos conciertos y festivales. No eran amigas íntimas, pero habían compartido buenos ratos, de esos que se siguen recordando con el paso de los años. Sin embargo, hacía tiempo que no se veían. En cierta ocasión, Rosa Winchester entró en un bar con un amigo y con Luna. La niña apenas tenía tres o cuatro años. Y allí, detrás de la barra, estaba la Flaca.

—Fue un subidón verla y contarnos la vida en cinco minutos. La Flaca es estupenda. Y quiere a Luna como si fuera su hija. Los dos la quieren mucho, el Mono también. Para Luna es como si fueran sus tíos. Y siempre están pendientes de ella.

En cuanto se enteraron de que Rosa Winchester estaba buscando trabajo, le ofrecieron quedarse en el bar hasta que encontrara otra cosa. En realidad, lo que Rosa añoraba era formar otra vez un grupo y seguir tocando, como había hecho durante tantos años. El Mono y la Flaca se juntaban de vez en cuando con otros músicos amigos con los que habían tocado en algunas ocasiones. Lo hacían solo por «quitarse el gusanillo», como decían ellos, porque no podían vivir sin la música. Y Rosa empezó a tocar con ellos en una nave que el hermano del Mono tenía en un polígono industrial. Los tres soñaban con volver a los escenarios.

—Sí, soñábamos en voz alta y con los ojos abiertos. Les debo mucho. Y los dos están equivocados, porque creen que son ellos los que me deben a mí, pero no es así. Aparecieron en mi vida en un momento muy difícil, y me ayudaron a salir a flote. Una de las mejores cosas que tiene la música son las amistades tan auténticas que se hacen.

Rosa pudo finalmente alquilar un piso en la calle Quintana, que era más decente que el tugurio que compartía con otras dos personas. Fue la época en que Jimi reapareció en su vida a través de una noticia en el periódico. Así fue como se enteró de lo que había sucedido en Altea y de que estaba cumpliendo condena en la cárcel de Fontcalent.

—Todavía guardo los recortes de periódico de aquella época.

Debajo del piso, en la planta baja, había una tienda de discos que parecía anclada en el tiempo. Aquello reavivó su pasión por el vinilo. Compró algunos discos, no muchos, porque el dinero escaseaba. Se los ponía a Luna cada noche, cuando las dos se quedaban solas y el mundo se desdibujaba fuera. Luego, cuando la niña se dormía, le escribía cartas a Jimi, a la prisión; cartas que él tardó mucho tiempo en responder. Era un secreto que compartía únicamente con la Flaca, que la animaba a seguir escribiéndole. También la Flaca tenía todos los discos de Samarkanda.

—Y luego sucedió algo que a veces me parece mágico.

Cuando Jimi salió de la cárcel, Rosa estaba tan pendiente de él que casi ni se daba cuenta de las cosas que ocurrían a su alrededor. Jimi acudía a las terapias, buscaba trabajo sin éxito y de vez en cuando quedaba con la Flaca y el Mono para tocar. Pero Jimi no era más que un espectador.

Un día Jimi subió a casa silbando, muy animado. Tomó a Rosa por la cintura y empezó a bailar con ella por todo el pasillo.

«¿Y ese subidón?», preguntó Rosa. «¿Has encontrado trabajo?».

«Mucho mejor. Nos quedamos con la tienda de discos de abajo. Comenzamos la semana que viene».

—Yo pensaba que me estaba tomando el pelo. Jimi es así, le gusta bromear.

Sin embargo, Jimi hablaba en serio. Era algo que había llevado en secreto en las últimas semanas. Una mañana encontró un cartel en el escaparate de la tienda de discos: «Se traspasa». Ignoraba cuánto tiempo llevaba puesto. Le sorprendió que Rosa no lo hubiera visto antes. Entró en la tienda, habló con el dueño sobre el traspaso y le dijo que se quedaba con la tienda, pero necesitaba un par de semanas para conseguir el dinero. Además, le pidió que quitara el cartel para que no lo viera Rosa. No tenía ni un céntimo ahorrado, pero aquel detalle no debió de parecerle importante. Sabía que a Rosa le entusiasmaría la idea, y eso era lo principal. Muchas veces, cuando volvían juntos a casa con Luna, se quedaban mirando el escaparate y Rosa le contaba su sueño.

Jimi lo hizo todo en secreto. Eso sí, habló con la Flaca y el Mono para que le ayudaran con los trámites. Pidió un préstamo y ellos lo avalaron con el bar. El traspaso se formalizó en menos de quince días. Cuando se lo contó a Rosa, esta pensó que Jimi se había vuelto loco. Pero le pareció una locura maravillosa.

—Lo que vino después no fue sencillo; me refiero a salir adelante con la tienda. Pero fueron unos años fantásticos, a pesar de las estrecheces económicas.

Aquella fue, en efecto, una buena época. Samarkanda volvió a tener vida. Aunque Jimi no tocaba, era el alma del grupo. Parecía que se había resignado a no coger nunca una guitarra. Rosa lo recordaba con una mezcla de tristeza y nostalgia.

—En ese tiempo creo que bajé un poco la guardia con Jimi. Quizás si él me hubiera explicado las cosas desde el principio, yo le podría haber ayudado. Pero Jimi se lo guardó todo…

—Supongo que te refieres al asunto del Zotes y lo que pasó luego.

—Sí, claro, a todo eso. Para colmo, fue la época en que Manu vino a vivir con nosotros y yo pensaba que lo que le notaba a Jimi era por su hijo. Y no, no era solo por eso. Había otras cosas que no me dijo nunca para no preocuparme.

Rosa percibía cambios en el comportamiento de Jimi. Entendía que el asunto de la muerte de Clara y el futuro de Manu le preocuparan, y por eso no sospechó que Jimi tuviera además problemas de otro tipo.

Jimi no hablaba nunca de los años que había pasado en prisión. Rosa sabía que no le gustaba recordar aquella etapa de su vida. Por eso jamás le habló del Zotes, que salió de la cárcel después que Jimi. Ella no llegó a saber de su existencia hasta que ya fue demasiado tarde. No se enteró, por ejemplo, de que el Zotes se encontró con Jimi por la calle y quedaron para verse un día. Y allí empezó todo.

—En una ocasión llamó un tío a la tienda preguntando por Jimi. Hablaba así como muy *heavy*, pero eso no significa nada. Se presentó como un amigo de Jimi. Quería hablar con él para no sé qué asunto. No me dio muchas explicaciones ni mencionó cómo se llamaba. Entonces se me iluminó la bombilla y pensé que a lo mejor era un colega de los malos tiempos, ya me entiendes. Y le contesté que no podía darle el teléfono. No sé si hice bien o mal. El caso es que no se lo di. Fue un presentimiento. Me salió la vena protectora. Luego, cuando vino Jimi y se lo conté, se puso nervioso. Se extrañó. Me comentó que no sabía quién podía ser. Yo soy desconfiada por naturaleza, porque la vida me ha dado muchos palos, pero en aquel momento me lo creí.

Rosa Winchester no hizo preguntas. Enseguida se olvidó del asunto, pues en casa tenían otros problemas más importantes.

—Yo seguía pensando que todas las preocupaciones de Jimi eran por Manu. Por ejemplo, Jimi y yo siempre habíamos ido juntos a casi todas partes, a los conciertos, al cine, a la playa. Y de pronto empezó a salir solo. Decía que iba a dar una vuelta, o que necesitaba despejarse y que volvía enseguida. Pero tardaba tres horas y luego no contaba nada. Por eso fue por lo que me dio por imaginar cosas raras. Fíjate que llegué a pensar que tenía un ligue por ahí. Jimi, con todo lo feo que es, siempre ha tenido mucho tirón con las mujeres. Yo eso lo sé y lo he llevado bien. Un día se lo solté así, de repente, y me juró y perjuró que no tenía ningún lío con nadie. Eso no se lo habría consentido nunca. Faltaría más. Después empecé a pensar que a lo mejor estaba otra vez con los ansiolíticos, o con el alcohol, yo qué sé. Aunque supongo que eso se lo habría notado, y yo no notaba nada. Por eso no me cuadraba. Es que ya no sabía qué pensar, chico, no podía ni imaginar lo que le estaba pasando con el Zotes ese del demonio. Menuda paranoia.

JIMI

Muchas páginas

—¿Quién era exactamente el Zotes?

—Menuda pregunta, tío. No sé por dónde empezar.

—Cuéntame lo que quieras.

—Mira, todo el asunto del Zotes fue tan chungo y tan desagradable que me cuesta trabajo ordenar ese lío en la cabeza. Es una historia que viene de atrás.

—Pero ¿era amigo tuyo?

—¿Amigo? Eso es mucho decir. En la cárcel no se hacen amigos. El Zotes era un manipulador. Sabía cómo camelarse a la gente, eso tengo que reconocerlo. Conmigo lo hizo muy bien.

Jimi conoció al Zotes en la prisión de Fontcalent. Ingresó allí cuando a Jimi le faltaban seis o siete meses para salir con el tercer grado. El Zotes era muy conocido en aquel lugar; no era ni mucho menos la primera vez que pasaba una larga temporada en la cárcel. Un día se acercó a Jimi en el patio y le dijo:

«Tío, yo a ti te conozco».

Jimi había aprendido a ser desconfiado con todo el mundo.

«Yo a ti no. Perdona».

«Claro, tú no puedes conocerme porque yo no soy nadie».

«Yo tampoco».

«Venga, tío, no seas modesto. Tú eres el de Samarkanda, ¿a que sí? Yo nunca olvido una cara».

Entonces el Zotes empezó a cantar una canción que Jimi había compuesto hacía años. Eso le hizo sonreír y bajar la guardia. El Zotes le dio la mano:

«Me llaman el Zotes, de *azotes*: el azote de los *pringaos*», se presentó con una voz ronca y cavernosa, sin parar de reír.

«A mí me llaman Jimi, por Jimi Hendrix».

«Ya, ya lo sé. El gran Jimi. Eres un tío famoso».

«Lo era», puntualizó Jimi.

Desde aquel día el Zotes aprovechaba cualquier ocasión para acercarse a Jimi. Lo buscaba en el patio, en el comedor, en la hora de televisión, en los talleres, en todas partes.

—Era un tío que se lo montaba muy bien para conseguir lo que quería. Allí dentro lo respetaban mucho porque era un viejo conocido de todos. Bueno, más bien guardaban las distancias con él; era más miedo que respeto, creo. Yo ignoraba que podía ser peligroso. Conmigo siempre fue como un corderito, pero montaba muchas broncas con los demás. Hablaba mucho de *rock*. Siempre estaba cantando. Por eso me confié, porque al principio parecía otra cosa.

El Zotes hablaba por los codos. Le fue contando a Jimi su vida: sus entradas y salidas de prisión, las mujeres que habían sido importantes para él, su afición a la mecánica, a las motos y cosas por el estilo. Jimi hablaba poco. La mayor parte del tiempo escuchaba. El Zotes hacía preguntas de una forma muy sutil, y

Jimi le revelaba cosas de su vida que no compartía con el resto de los presos. En los últimos meses antes de que Jimi saliera de la cárcel, el Zotes se había convertido en su sombra: no se separaba de él. Lo que el Zotes no le contó a Jimi fueron los asuntos turbios: sus adicciones, el trapicheo, la forma en que se ganaba la vida, aparte de como mecánico de motos. Y Jimi no hacía preguntas. Su intuición le decía que era mejor llevarse bien con él.

Cuando Jimi salió de la cárcel, no volvió a pensar en el Zotes en mucho tiempo. Todo lo que había vivido allí dentro se quedó almacenado en algún rincón de su memoria. En su nueva vida junto a Rosa Winchester y Luna no había cabida para aquello.

Jimi no recordaba con exactitud cuánto tiempo estuvo sin saber nada del Zotes. Pero un día, muchos años después, se lo encontró por la calle, en la plaza de los Luceros, y el Zotes lo reconoció. Le dio un abrazo a Jimi como si hubieran sido grandes amigos.

—Me dijo que llevaba dos meses fuera del trullo y que había vuelto a abrir su taller de motos. Me contó un montón de historias. Hablaba como una ametralladora. No paraba. Y no hacía más que preguntarme. Yo tenía algo de prisa, así que nos despedimos sin más. Pero volvimos a coincidir otra vez dos o tres años después, cuando todo el asunto de Manu. Entonces cometí el error de contarle que tenía una tienda de discos. Ni siquiera le dije dónde estaba la tienda, pero sí que se llamaba Samarkanda. Supongo que por eso dio conmigo, porque seguramente localizó el número de teléfono en Internet. ¿Cómo iba a imaginarme lo que iba a pasar?

Al cabo de un tiempo, no sé si dos o tres semanas, Rosa me contó que había llamado un tipo preguntando por mí y, no sé por qué, me imaginé que habría sido el Zotes. Ya ves, podría haber sido cualquiera, pero el primero que se me vino a la cabeza fue el Zotes. Luego me olvidé del asunto hasta que un día se presentó en la tienda. Por suerte, no estaba Rosa. O quizás habría sido mejor que sí estuviera. No lo sé.

La primera vez que el Zotes fue a la tienda compró tres o cuatro discos. Todo normal, excepto que el Zotes le dijo que se los pagaría al día siguiente. No apareció al día siguiente. Ni a la semana siguiente. Volvió a la tienda un mes después y quiso llevarse otros dos discos. Cuando Jimi le recordó que no le había pagado los anteriores, el Zotes se hizo el ofendido.

«Tío, yo soy legal, ya lo sabes. ¿Te piensas que no te voy a pagar?».

El Zotes sacó un billete y se lo dio a Jimi. Con aquello no había ni para pagar la mitad de la deuda. Pero Jimi no protestó. El Zotes regresó a la tienda en dos o tres ocasiones más.

—Por suerte, no coincidió nunca con Rosa. Ahora pienso que no era casualidad. Seguramente buscaba el momento en que ella no estuviera. El tío lo hacía muy bien. Era un adulador. Él preguntaba y te dejaba hablar. Y otra vez bajé la guardia y metí la pata.

—¿Qué hiciste?

—Le di el número de mi móvil. Sí, ya sé que fui un estúpido, pero es que el Zotes era un especialista en sonsacarte cosas. Además, él me dio su número y me dijo que lo llamara para cualquier cosa. ¿Cómo me iba a imaginar yo los malos rollos que vendrían después?

Cuando el Zotes se enteró de que Luna tenía una moto, le hizo prometer a Jimi que se la llevaría a su taller para revisarla; que él le haría el trabajo gratis porque eran colegas. Los encuentros con el Zotes fueron muy esporádicos en los meses siguientes. El Zotes lo llamaba de vez en cuando e insistía mucho en quedar para tomar una cerveza por ahí, donde Jimi quisiera. Cuando Jimi le confesó que no bebía nada de alcohol, el Zotes replicó con obstinación:

«Pues nos bebemos un litro de agua, tío, que el agua la vista aclara. ¿No dicen eso, tío?».

Jimi estaba dispuesto a beberse toda el agua que hiciera falta con tal de que el Zotes no volviera por la tienda. Quedaron después a comer en un bar donde había menús baratos. Y en esa ocasión Jimi le habló de Manu, que acababa de ir a vivir con ellos. Y el Zotes le fue sonsacando información de una manera muy sutil. Quizás porque Jimi necesitaba desahogarse, le habló del problema que se le venía encima con la venta del piso de Clara en Madrid. Estaba agobiado por aquel asunto: no quería que Manu pensara que a él le interesaba el dinero de su madre. Según Jimi, ese fue el mayor error que podía haber cometido, contárselo. A la hora de pagar la cuenta, al Zotes se le había olvidado la cartera. No fue la única vez.

—Nos vimos unas cuantas veces más, y el Zotes nunca tenía dinero. Entonces empezó a comerme el coco con que le llevara la moto de Luna para «darle un repaso». Insistía e insistía. Y la mala suerte hizo que precisamente al poco tiempo se le estropeara la moto y se la llevé al taller. Ahí no estuve listo. El Zotes no me cobró, así que él entendió que ya no me debía nada de su deuda. Me acuerdo que yo le había hablado del taller del Zotes al Mono, porque la moto de su hijo tenía no sé qué problema; pero, cuando vi la movida, le dije que se olvidara y la llevara a otro sitio, que el Zotes no era trigo limpio y que me estaba complicando la vida. Fue una suerte que le contara eso al Mono porque, aunque suene raro, gracias a eso ahora estoy vivo.

Jimi sentía que el Zotes era un ser pegajoso. Lo enredaba para quedar y soltarle sus batallitas, que siempre se reducían a sus problemas de dinero. Y Jimi no sabía decir que no.

—Cada vez que nos veíamos, yo me decía a mí mismo que sería la última, pero a la siguiente me volvía a liar. Es que lo hacía muy bien el tío. Iba de víctima. Y siempre me pedía dinero. No era mucho, la verdad: diez euros, para tabaco, veinte euros, unas monedas... Solo una vez me pidió cincuenta euros y, como le puse mala cara, me contó que su socio le robaba en el taller, que se quedaba con dinero y él no se atrevía a denunciarlo porque no era una mala persona. No sé si refería a él o a su socio. Una vez le pregunté si estaba metido en asuntos de drogas y se ofendió conmigo. Fíjate si lo hacía bien que terminé pidiéndole perdón por ser tan malpensado. Se hacía la víctima y se quejaba de la mala suerte que había tenido en la vida. Y yo le prestaba el dinero.

—¿Nunca te lo devolvía?

—Nunca.

—¿Ni se lo pedías?

—Alguna vez sí. Le dije que iba mal de pasta y que necesitaba que me devolviera algo, aunque fuera una parte. A Rosa no le conté nada, por supuesto, para que no se tuviera que preocupar también por eso. Pensaba que al final me podría quitar yo solito de encima al Zotes.

Jimi optó por no responder a las llamadas del Zotes. Creía que con eso sería suficiente para librarse de él. Estaba en un error. Además, Rosa había empezado a sospechar algo, aunque sus sospechas iban en la dirección equivocada.

—Rosa se daba cuenta de que yo me iba de casa y tardaba un montón de tiempo en volver. No quería que el Zotes apareciera por aquí, así que me iba lo más lejos posible cuando quedaba con él. Rosa llegó a pensar que tenía algún rollo con una tía. Eso era lo que me faltaba, tener problemas con ella. Estuve un tiempo sin coger el teléfono, ni el de la tienda ni el móvil. En cuanto reconocía su número en la pantalla, lo dejaba sonar hasta que se cansaba. Pero una vez me llamó desde un número que yo no conocía, y respondí. «Hemos de vernos, tío, tengo un problema de los gordos y tú eres el único que puede ayudarme».

Jimi trató de darle largas. Tenía mucho trabajo y no podía quedar con él. Pero, cuando el Zotes le dijo que se pasaría por la tienda, no halló más remedio que quedar con él para que no apareciera por allí.

—Me contó una historia muy rara. De los detalles no me acuerdo, pero venía a ser algo así como que Hacienda le había hecho una inspección en las cuentas del taller y le habían puesto una multa de tres mil euros.

Enseguida me di cuenta de por dónde iban los tiros. El Zotes le echó mucho teatro a la historia. Era un maestro en eso. Casi se echa a llorar y todo. Me contó que, si no pagaba en diez días, le quitaban el taller y le podían buscar la ruina. Yo qué sé, yo no entiendo de esas cosas de Hacienda. Lo que sé es que en ese momento yo tenía una empanada mental por el asunto de Manu. Lo estaba pasando mal. El crío estaba muy borde conmigo, como si yo fuera el culpable de todo lo malo que le sucedía. Total, que le dije al Zotes que no tenía tanto dinero.

«Bueno, pues me das lo que puedas, tío, lo que sea. Somos colegas, ¿no? Ya me buscaré la vida. Aunque no sé de dónde voy a sacar tanta pasta».

Jimi le dio quinientos euros. Sabía que se estaba equivocando, que no debería darle nada. Sabía, también, que no volvería a ver ese dinero. Pero lo único que deseaba era quitarse al Zotes de encima. Su mayor preocupación en ese momento era Manu.

—Supongo que nunca te lo devolvió.

—¿Qué dices? Por supuesto que no. Eso ni se me pasó por la cabeza. Pensé que, aunque solo fuera por vergüenza, no volvería a llamarme ni a pedirme dinero en mucho tiempo.

—Y te equivocaste.

—Totalmente.

Manu

Te busco y estás ausente

—El caso es que al final no te marchaste. ¿Te diste cuenta de que era una locura lo que habías planeado?

—No fue por eso. Lo que pasó fue que decía: «Mañana me voy», pero al día siguiente no me iba. Y luego aseguraba: «De mañana no pasa», pero pasaba y tampoco me iba. Tenía el equipaje preparado. Bueno, las cuatro cosas que pensaba llevarme. Y pasaba un día y otro día, y las cosas se fueron normalizando. El cambio de instituto no resultó tan dramático como imaginaba. Echaba de menos a algún amigo, pero conocí a gente nueva. A Lorena, por ejemplo. Ella me hizo ver las cosas de otra manera. Además, yo tenía mucha curiosidad por saber más de Luna. La veía un poco rarita. A ella le da rabia que se lo diga, pero es verdad. Creo que los dos nos veíamos raritos.

—¿Qué pasó con Lorena?

—No pasó nada, ¿por qué lo preguntas?

—Es solo curiosidad.

—¿Te ha dicho algo Luna de Lorena?

—Me ha dicho que era su mejor amiga.

—¿Solo eso?

A Manu le sorprendió que Lorena mostrara curiosidad por él. No estaba acostumbrado a despertar interés entre las chicas. Y mucho menos si eran mayores que él. En su antiguo instituto se había sentido a veces un bicho raro. Pensaba que las chicas solo se le acercaban porque lo encontraban extravagante. Un amigo suyo solía decírselo con ironía:

«Hay personas que nos gustan, pero no nos interesan. Y hay otras que nos interesan, pero no nos gustan».

«¿Qué quieres decir?».

«Que a las tías les interesan los tíos como tú, feos y raritos. Pero los que les gustan son los guapos y gamberros. Con esos son con los que se quedan al final».

Aquella era exactamente la idea que Manu tenía de sí mismo: un tío rarito y feo. No es que se sintiera bien ni mal por eso, pero sí diferente. Se consideraba un chico callado que, cuando manifestaba lo que pensaba, solía llamar la atención de la gente y provocar asombro o risas, dependiendo del momento.

Por eso, seguramente, supuso que Lorena también lo veía así, extravagante y rarito. Al parecer, la chica sentía mucha curiosidad por saber qué escribía Manu a todas horas en su libreta.

—¿Cómo sabía Lorena lo de la libreta?

—Porque me vio por ahí escribiendo: en la biblioteca, en el patio. La verdad es que esa libreta era como mi segunda piel. En los peores momentos la abría, me ponía a escribir y era como si las cosas tuvieran menos importancia después al leerlas.

—¿Escribías versos?

—Escribía de todo.

—Pero nunca pensaste que pudieran ser letras de canciones.

—No, nunca. Eso lo pensé por primera vez cuando fuimos a cenar a Los Vikingos.

Escribir era una terapia para Manu mucho antes de la muerte de su madre. Cuando una idea le rondaba la cabeza o le resultaba dolorosa, anotaba una frase, y esa frase traía otra, y así sucesivamente. Al final sentía que se liberaba de ciertos pensamientos que lo atormentaban. Las ideas dejaban de dolerle al convertirse en palabras, o le dolían menos. No tenía más pretensiones. Además, Manu lo hacía como algo íntimo y no sospechaba que sus compañeros lo observaban y sentían curiosidad por saber qué estaría escribiendo. Lorena fue la primera en reconocérselo claramente.

La primera vez que Lorena sorprendió a Manu escribiendo en su libreta, el chico la cerró rápidamente y la escondió.

«Pensarás que soy una cotilla», le dijo Lorena. «Pero me muero de curiosidad por saber qué es lo que escribes con tanto secreto».

Manu se puso tan nervioso que se atragantó.

«Nada, son tonterías, cosas que se me ocurren».

«Pues se te deben de ocurrir muchas tonterías, porque siempre que te veo estás escribiendo».

«No tengo nada mejor que hacer».

«¿En serio?».

«Es una forma como otra cualquiera de perder el tiempo».

Desde ese día Manu observó que Lorena se hacía la encontradiza con él, pero nunca cuando él estaba con Luna. Lorena se acercaba a él en el recreo, se sentaba a su lado y se quedaba mirándolo fijamente, sin decir nada.

«¿Por qué me miras así?».

«¿Te molesta que te mire?».

«No».

«¿Te sientes mal si te miro?».

«No».

«¿Entonces?».

«Entonces, nada. Puedes mirar todo lo que quieras».

Y Lorena lo observaba muy seria hasta que no podía aguantarse la risa.

Manu se acostumbró a aquellos acercamientos espontáneos. Lorena lo veía a lo lejos y se acercaba a él con naturalidad, como si pasara por allí.

«¿Hoy no escribes en tu libreta?».

«No, hoy tengo otras cosas mejores que hacer».

«¿Como hablar conmigo?».

«Por ejemplo».

«¿No vas a contarme lo que anotas en tu libreta?».

«No».

«¿Es una lista de las chicas que te gustan?».

«Puede».

A veces no podía evitar la sensación de que Lorena se burlaba de él. No obstante, cuando pasaba un día sin que ella se acercara, Manu echaba de menos sus preguntas impertinentes.

«¿Me dejarás algún día que lea lo que escribes?».

«Algún día».

Lorena sonreía y se alejaba con las manos en los bolsillos, silbando, pues sabía que sus silbidos le resultaban divertidos a Manu. Eso fue, al menos, lo que le había dicho.

Y Luna casi siempre estaba allí, acechándolos en la distancia, expectante, sin decir nada. Cuando se veían en casa, nunca hablaban de Lorena. En realidad, apenas hablaban de nada. Se miraban de reojo, se observaban en silencio, con disimulo, como si se vigilaran. Era una relación tensa y extraña la de los dos.

—Yo sospechaba que Luna no me soportaba, que le caía fatal. Cuando hablábamos, era evidente que no estaba a gusto.

El día a día en casa era duro para Manu. Aquello no tenía nada que ver con su vida en Madrid, con la vida al lado de su madre, a pesar de que solían discutir mucho. A veces echaba de menos incluso las discusiones: alguien que lo agobiara un poco y le recordara que tenía que estudiar, que dejara el móvil, que hiciera esto o lo otro, que se lavara los dientes, que hiciera la cama, que ordenara su cuarto. En casa de Jimi y Rosa cada uno era responsable de sus asuntos y nadie se metía en la vida de los demás. No sabía si fingían o si pasaban realmente de él.

Quién se lo iba a decir unos meses atrás: los mejores ratos del día los pasaba en el instituto. Sin pretenderlo, se fue haciendo un grupo de amigos. Sus silencios y su timidez no molestaban a nadie. No era popular, pero tampoco un marginado, las dos categorías que más odiaba. Algunos fines de semana salía con los compañeros y eso le gustaba, aunque no mostrara entusiasmo.

Un viernes se tropezó con Lorena a la salida del instituto y ella le abordó:

«¿Qué te pasa con Luna?».

«¿Qué quieres decir?».

«No parece que os hayáis caído muy bien».

«No sé. ¿Por qué no se lo preguntas a ella?».

«¿Y por qué piensas que no se lo he preguntado?».

Manu solía quedarse callado cuando algo lo descolocaba. Era lo que le ocurría cuando Lorena le hacía aquellas preguntas tan directas que rozaban la frágil línea de la indiscreción. Por eso tardó un rato en contestar.

«¿Y qué te ha respondido?».

«Lo mismo que tú, que te lo pregunte a ti».

Fue la primera vez que Lorena lo veía sonreír.

«Chico, nunca te había visto un gesto tan humano. Empezaba a pensar que eras un androide sin sentimientos».

Manu se sonrojó. No sabía si tomárselo como un halago o como una burla. Le pareció que Lorena le había tomado la medida y conocía sus puntos débiles.

«Eres un poco rarito, Manu, en serio, no me lo negarás, ¿verdad?».

«¿Por qué piensas que soy rarito?».

«No sé, ese comportamiento tuyo tan estirado, como si estuvieras por encima de todos. ¿Te crees mejor que los demás? A ver, entiéndeme, yo no tengo nada en tu contra, pero creo que no estás siendo justo con la gente que se preocupa por ti».

A Manu le dio la impresión de que Lorena llevaba tiempo con ganas de soltarle aquello. Lo dejó descolocado una vez más. Estaban en la puerta del instituto, rodeados de gente, y Manu tenía la sensación de que todo el mundo los miraba. Y, además, sabía que no se habían encontrado por casualidad.

«¿Te has quedado mudo?».

Manu se armó de valor para contestar. Lorena lo intimidaba.

«¿Qué quieres de mí, Lorena? Si te caigo mal, ¿por qué te acercas a mí?, ¿por qué me hablas? ¿O vas a decirme que es casualidad que coincidamos cada día en el recreo y que nos veamos a la hora de salir?».

«Por supuesto que no es casualidad. Además, ¿qué te hace pensar que me caes mal? Al contrario, me pareces un tío interesante. No, no me mires así, no eres mi tipo ni estoy enamorada de ti. Simplemente, me pareces interesante».

«Ya, claro, a las tías les parecen interesantes los tíos raritos, pero luego les gustan los guapos y gamberros».

Lorena dejó escapar una carcajada que a Manu le dolió profundamente, como si se burlara de él.

«Bueno, un poco rarito sí eres, ya te lo he reconocido antes. Pero no pienses que las tías somos estúpidas. Eso que acabas de soltarme solo puede pensarlo un imbécil, y tú no lo eres».

«No lo sé. A lo mejor sí lo soy».

«No, no lo eres. Solo un poco estirado, pero eso tiene remedio».

Manu vio a lo lejos a Luna. Charlaba con dos compañeros de clase a los que conocía de vista. Se dio cuenta de que ella observaba la escena desde la distancia, con disimulo. Se sentía incómodo y no sabía por qué. También Lorena vio a Luna y la saludó con la mano.

«Yo no puedo saber lo que pasa por tu cabeza, pero veo el daño que estás haciendo, seguramente sin ser consciente de ello», continuó Lorena.

Manu hizo un intento de hablar, que Lorena interrumpió.

«No, espera, déjame terminar. Luego puedes contestar lo que te dé la gana. O puedes marcharte si no te gusta lo que te digo. No voy a ser una molestia para ti. Luna es mi mejor amiga. Nos conocemos desde que éramos muy pequeñas. Yo la quiero como si fuera mi hermana, a pesar de que hemos tenido nuestras cosas y nuestros enfados».

«¿Vas a soltarme un discursito?».

«Pues mira, sí, voy a soltarte un discursito. Yo comprendo que todo lo que estás viviendo es muy fuerte; ya sabes, la muerte de tu madre, conocer a tu padre así de repente, cambiar de ciudad, de casa, de familia... Sí, todo ese mal rollo es muy chungo. Pero tú no vives solo en el mundo. La gente que está a tu alrededor se preocupa por ti. Jimi lo está pasando mal…».

«¿Y tú qué sabes cómo lo está pasando Jimi?».

«Yo sé más cosas de las que imaginas. Ellos son como mi segunda familia. Y los tratas como a unos desconocidos. Peor que a unos desconocidos. No me interrumpas, por favor. El mundo no tiene la culpa de tus desgracias. Todos pasamos por momentos duros y ahora te ha tocado a ti. Luna, desde luego, no tiene la culpa. A ella le has caído de golpe, sin comerlo ni beberlo. Has puesto su vida patas arriba. Y ella no lo ha elegido. ¿Te imaginas que, de pronto, alguien entrara en tu vida, en tu casa, como has entrado tú en la suya? ¿Te lo imaginas? Para ella, Jimi es como un padre. En realidad, es su padre, aunque no lo sea. Sí, ya sé que para ti es un extraño, pero no puedes culparlo de todo.

Si te gusta rebozarte en tu dolor, hazlo. Pero la vida sigue. Te digo esto porque creo que eres un buen tío. Eso se ve, aunque te portes como un miserable con Jimi y su familia. No es justo lo que estás haciendo con ellos. Tendrías que pensar un poco en todo esto. No tengo derecho a hablarte así, lo sé, pero lo hago porque ellos me importan mucho y no puedo quedarme de brazos cruzados. Y ahora, si quieres, mándame a la mierda. Yo solita me lo he buscado. Pero, por favor, piensa en lo que te he dicho».

Manu, en efecto, trataba de pensar a toda prisa. Pocas veces en su vida alguien le había hablado así. Sentía que las mejillas le quemaban, que todo el cuerpo le ardía. Abrió la boca para responder algo, pero las palabras no pasaron de su garganta.

«Y ahora te dejo solo con tus pensamientos, que seguro que son muy interesantes».

Lorena se dio la vuelta y echó a andar. Manu intentó moverse, pero no podía. Hizo un esfuerzo y la llamó.

«Lorena…».

Ella se volvió.

«No soy un miserable».

«Te creo, pero no vale solo con decirlo, también hay que demostrarlo».

«¿Cómo puedo demostrártelo?».

«Sal esta noche con nosotras».

«¿Con Luna y contigo?».

«Sí, y con Nacho. Hemos quedado los tres».

Manu estuvo a punto de confesarle que Nacho no le caía bien. Se contuvo. Eso lo habría estropeado todo.

«Vale».

Lorena se besó la yema del dedo índice y luego la posó en la mejilla de Manu.

«Sabía que no eras un miserable».

LUNA

Te quiero y no es para ti

—Así que fue Lorena la que provocó finalmente el acercamiento entre Manu y tú, ¿no?

—Pues sí, fue algo que salió de ella. Yo no se lo pedí. Es verdad que hablábamos mucho de él, porque yo lo estaba pasando muy mal, pero fue Lorena la que decidió por su cuenta invitarlo a venir a Los Vikingos con nosotras y con Nacho.

—¿Qué es exactamente Los Vikingos?

Los Vikingos era una mezcla de taberna, bar, hamburguesería y pizzería, todo tamaño gigante, en el barrio de San Blas. Los fines de semana, especialmente, se reunían allí los estudiantes de los institutos de la zona. La gente se conocía de vista, porque los clientes solían ser casi siempre los mismos. Mesas de pino macizo, sillas de taberna andaluza, pesadas y pasadas de moda.

Cuando Lorena le contó a Luna que había invitado a Manu a salir con ellos, la chica pensó que era una broma.

«Estoy hablando en serio. Y me dijo que vendría».

«Pues a mí no me ha dicho nada en casa. Es más, ni siquiera me ha mirado a la cara en toda la comida».

«Es muy cortado. No sé de qué te extrañas».

«No sé si ha sido buena idea», replicó Luna.

«A lo mejor tendrías que darle una oportunidad».

«No he hecho otra cosa desde que llegó a casa».

Cuando entraron en Los Vikingos, el local estaba de bote en bote. Tuvieron que esperar hasta que quedó una mesa libre. Manu había permanecido callado todo el tiempo, desde que Lorena pasó a recogerlos por casa.

Nacho los esperaba en la puerta. Manu lo había visto muchas veces en el bar de la Flaca y del Mono. Y, al parecer, no le había caído nada bien. Eran como dos polos opuestos: Nacho, hablador y divertido; Manu, callado y tímido. Luna sabía que, desde el primer momento, no había existido ninguna simpatía entre los dos.

La música fue el tema central de la conversación aquella noche. Nacho tocaba la batería, aunque nunca había actuado con ningún grupo, excepto alguna vez en los ensayos de Samarkanda. Lorena estudiaba piano en el conservatorio. A los tres los unía la pasión por el pop, el *rock* y el *jazz,* además de la música clásica. Nacho había intentado componer canciones en alguna ocasión, pero él mismo reconocía que sus habilidades creativas eran escasas. Luna, sin embargo, tenía cierta facilidad para componer, aunque las letras se le resistían. Lorena y ella conseguían a veces crear alguna canción que, en su opinión, podía merecer la pena.

Mientras hablaban los tres y Manu permanecía en silencio, Luna percibió cierta inquietud en el chico. Pensó que quizás estaba incómodo. No podía imaginar que estaba pendiente de todo lo que ella decía, aunque evitara mirarla. De vez en cuando, Manu cerraba los ojos como si le doliera la cabeza o tratara de abstraerse de la conversación.

«¿Te encuentras bien?», se preocupó Lorena.
«Sí, ¿por qué?».
«No sé, no me hagas caso».
Luna notaba que, cuando Nacho hablaba, Manu se mostraba tenso. Era evidente su antipatía.

—Cuando Nacho hablaba, Manu arrugaba la frente o miraba para otro lado. Era muy *cantoso*. Yo creo que nos dimos cuenta todos, empezando por Nacho. Me dio tanta rabia que decidí pasar de él e ir a lo mío. Luego Manu se quedó así como suele hacer él, perdido en sus pensamientos. Ahora que lo conozco sé que es su forma de ser, pero antes pensaba que era porque no le interesaba nada que no fuera él mismo.

Luna reconocía que, para alguien ajeno al mundo de la música, la conversación podía ser bastante aburrida. Mientras ella contaba emocionada que había terminado de componer dos canciones, Manu miraba los vasos, las botellas, los platos; miraba a la gente del bar y a veces se quedaba ensimismado en algún punto indefinido de la mesa. Su aparente falta de interés contrastaba con el entusiasmo con que Lorena y Nacho escuchaban a la chica. La mayor parte de las cosas que hablaban eran tecnicismos que Manu no entendía: fa mayor, sol menor, y cosas así. Cada vez que Nacho decía algo, Manu dibujaba una sonrisa que a Luna le parecía de desprecio.

Lo único que provocó su reacción fue una pregunta que Luna le hizo inesperadamente:
«¿Te estamos aburriendo?».
—No lo hice con mala intención ni nada de eso. Ni siquiera estaba cabreada. Simplemente me pareció

que Manu tenía la cabeza en otra parte, o que estaba incómodo con nosotros, no sé. Pero reaccionó como si le hubiera pinchado con una aguja en la yema de los dedos.

Manu se sobresaltó por la pregunta y se puso muy derecho sobre la silla. Se ruborizó. Se atragantó. Intentó articular algo, pero no le salían las palabras.

«Si quieres, podemos cambiar de tema y hablamos de algo que te interese más», insistió Luna.

«No, no, me parece muy interesante lo que estáis diciendo. Interesantísimo, de verdad».

Luna arqueó las cejas. Le sonó a respuesta cínica y por eso respondió con el mismo cinismo.

«¿En serio? Pues yo creo más bien que estás pasando de todo».

El gesto de Manu se congeló. A Luna le pareció en aquel instante un ser indefenso y perdido. Era difícil que supiera fingir tan bien. Los otros dos permanecían callados, violentos por la situación.

«De verdad que me interesa mucho», repitió Manu.

«¿Ah, sí? ¿Y de qué estábamos hablando?».

Manu se tomó unos segundos para responder. Luna estaba convencida de que no tenía ni idea de lo que le había preguntado.

«De dos temas que has compuesto», dijo finalmente Manu. «Decías que las letras no te gustan, que son rimas tontas; exactamente has dicho "ñoñas". Rimas infantiles. Estabas contando que la letra echaba a perder las canciones. "Si me dices cariño / te querré como a un niño". Sí, eso sueña un poco ñoño, tienes razón. No te mosquees, tú misma lo has admitido».

Lorena rompió a reír mientras Luna permanecía callada, quieta, sin pestañear siquiera. Incluso Nacho sonrió.

«¿Te has mosqueado?», preguntó Manu con un tono de preocupación que no podía ser fingido.

«No, claro que no», respondió Luna apurada. «Es solo que pensaba que no estabas escuchando en absoluto».

«Pues ya ves que estabas equivocada».

Luna tragó saliva y se disculpó:

«Perdona, he metido la pata».

«No importa. Yo lo hago a menudo».

Aquella había sido probablemente una de las conversaciones más largas que habían mantenido los dos en los últimos meses. Y en cierta forma sirvió para romper el hielo entre ellos.

A partir de ese momento, Manu permaneció el resto de la noche muy atento a la conversación. Sin embargo, cuando Nacho hablaba, hacía un gesto casi imperceptible con la frente, del que únicamente Luna se daba cuenta. O eso creía ella.

—Sentí un gran alivio aquella noche. No sabría explicarlo. Si no hubiera sido por las miradas que le echaba a Nacho, se podría afirmar que Manu se comportó como un chico de lo más normal.

De vez en cuando, Lorena y Luna se intercambiaban miradas y sonreían. De repente, Luna le dijo a Manu:

«¿Te apetece oír las dos canciones?».

«¿Ahora?».

«Bueno, solo si te apetece. A veces nos juntamos en casa y tocamos los tres».

A Luna no le pasó desapercibida la mirada de sorpresa de Lorena.

«Bueno, a ver, solo si os apetece a los tres».

Lorena y Nacho soltaron un «por supuesto» casi al unísono. Luego, Manu hizo un gesto afirmativo con la cabeza.

«No pareces muy entusiasmado», reprochó Luna.

«Qué va, qué va. Claro que sí. Es que yo soy así de seco», dijo mirando primero a Lorena y luego a Luna. «Ya sabéis».

—Esa noche terminamos en casa, como otras veces, aunque Manu siempre estaba encerrado en su cuarto. Mi madre y Jimi van todos los viernes por la noche a ensayar cuando cierran el bar de la Flaca, así que teníamos la casa solo para nosotros. Y, además, sin vecinos, porque ya sabes que el edificio está vacío.

Luna cogió una guitarra acústica, le entregó los bongós a Nacho, y Lorena tocó en un pequeño teclado electrónico de Rosa. La chica les dio algunas instrucciones y comenzó a tocar lo que había compuesto.

—No sonaba mal, esa es la verdad, pero la letra era horrorosa, tengo que reconocerlo. Cada vez que empezaba un estribillo, me moría de vergüenza.

Luna observaba a Manu de reojo y el chico miraba a todas partes menos a ella. Estuvieron un par de horas en la habitación de Luna, hasta que llegó su madre con Jimi y decidieron que ya estaba bien por aquella noche. Cuando se quedaron a solas, Luna le dijo a Manu:

«No son muy buenas las letras, ¿verdad?».

«Bueno, a ellos les han gustado. Especialmente a Nacho».

«Sí, pero Nacho es amigo. Y Lorena también».

«¿Eso quiere decir que yo soy tu enemigo?».

Luna sonrió.

«Claro que no. Lo que quiero decir es que tú eres más imparcial».

«¿De verdad quieres saber lo que pienso?».

«Sí, por favor».

«Pues no, no me gustan esas letras. Son muy facilonas, simples, con esas rimas tan forzadas. Es un poco lo que tú comentaste antes».

«¿Ñoñas?».

«Más o menos».

Luna no pudo evitar poner cara de decepción.

«Lo siento, no quería ofenderte. Y tampoco quería mentirte».

«No me ofendes. Prefiero que seas sincero. Por eso te he preguntado».

Se quedaron un rato largo en silencio, mirándose.

—Y de repente noté que Manu se ponía muy muy serio. Vamos, mucho más serio de lo que suele estar, que ya es mucho. Se empezó a poner colorado. Yo no sabía lo que pasaba. Creo que me asusté un poco.

«¿Te pasa algo?», le preguntó Luna.

«No, nada, estaba pensando…».

«¿Estás bien, de verdad?».

«Sí, muy bien. Espera un momento».

Manu salió de la habitación sin dar explicaciones. Luna lo oyó entrar en su cuarto, que estaba enfrente, y abrir y cerrar cajones. Al cabo de un rato volvió con dos o tres libretas de tapas negras y las colocó sobre la mesa de estudio de Luna.

«¿Qué es esto?», dijo Luna sin atreverse a abrirlas.

«No sé lo que es. Bueno, quiero decir que son cosas que escribo y que, al oírte cantar, he pensado que quizás… En fin… A lo mejor…».

Manu no conseguía terminar las frases. Estuvo así unos segundos hasta que Luna se decidió a abrir una de las libretas y empezó a leer.

«Así que estas son las famosas libretas», soltó Luna.

«¿Famosas?».

Enseguida, Luna se arrepintió de lo que había dicho. Sin darse cuenta, le estaba revelando a Manu que Lorena y ella hablaban de él a sus espaldas. Continuó leyendo para evitar que Manu notara el apuro que estaba pasando.

—Me pareció realmente fantástico todo lo que había escrito allí. Genial. Aquello no tenía nada de ñoño. Al contrario. Me gustó tanto que creo que me puse colorada.

Manu aguardó paciente mientras Luna leía y pasaba las páginas con mucho cuidado, como si temiera romperlas.

«Me encanta», reconoció al cabo de un rato.

«¿De verdad?».

«De verdad. Esto tiene mucha fuerza. No puedes guardártelo para ti solo. ¿Me dejas que pruebe a ponerle música a alguno de tus poemas?».

«¿Poemas? No son poemas».

«Entonces, ¿qué son?».

«No lo sé».

«A lo mejor son letras de canciones y no lo has sabido hasta ahora».

Luna cogió la guitarra e improvisó unos acordes. Luego empezó a cantar los versos de Manu. Se oyeron unos golpecitos en la puerta y Rosa Winchester asomó la cabeza.

«Me alegra mucho veros tan animados, pero esta noche Jimi y yo estamos cansados».

«Perdón», dijo Luna. «Se me fue la pinza».

Rosa Winchester le mandó un beso en la distancia y les dio las buenas noches.

—Estuvimos un montón de rato hablando de aquellas letras y de las cosas que se podía hacer con ellas. Manu me miraba muy serio y hacía gestos con la cabeza. Estaba muy cortado.

«Es ya muy tarde», dijo finalmente Luna mirando el reloj que colgaba de la pared. «¿Seguimos hablando mañana?».

«Sí, claro, cuando quieras».

Se desearon buenas noches y, antes de cerrar la puerta, Luna lo llamó:

«Manu».

«Dime».

«Me gustaría presentarte mañana a alguien».

Manu se quedó pensando. Parecía no haber entendido bien.

«¿Presentarme a alguien a mí?».

«Sí, claro».

«¿A quién?».

«A mi abuelo. ¿Te apetece conocerlo?».

«Sí, por supuesto, me apetece mucho».

ROSA WINCHESTER

A lo mejor no es decente

—Por lo que me has contado en alguna ocasión, tu relación con Manu era contradictoria. Y eso te generaba muchos conflictos contigo misma.

—Sí, se puede decir así. Aunque, más que conflictos, eran dolores de cabeza. Ya me entiendes. Yo sentía que estaba en medio de un fuego cruzado y muchas veces me llevaba la peor parte. Cada día me sentía más desconcertada con Manu. Unas veces conseguía tratarlo con normalidad, y otras lo veía como a un intruso. No quería echarle la culpa de todo lo que estaba pasando, pero había momentos en que no podía evitar pensar que, sin él, las cosas serían más fáciles.

Cuando Rosa Winchester observaba a Manu sin que él se diera cuenta, le parecía estar viendo a Jimi a esa misma edad. Había visto fotografías de su marido a los dieciséis años y eran como dos gotas de agua. Rosa reconocía en Manu algunos gestos característicos de Jimi, como frotarse el lóbulo de la oreja, mirar al frente con la cabeza ligeramente inclinada hacia el lado derecho, o esa forma de quedarse callado, como si su cuerpo estuviera allí pero su mente viajara muy lejos. Incluso la voz de ambos era clavada.

Sin embargo, cuando Manu se sentía observado, cambiaba el gesto y se volvía otra persona, como si se ocultara tras una máscara.

Luna le contó a su madre que había llevado a Manu a casa de don Cosme para que se conocieran, y Rosa no reaccionó bien ante la novedad. En ese momento sintió una frustración terrible, según sus propias palabras. No podía explicarlo bien, pero empezó a sentir de pronto que Luna la traicionaba.

—Pero tú ya me habías contado que Luna y su abuelo mantenían una relación muy buena desde siempre.

—Buenísima, sí. Luna siempre ha querido a su abuelo con locura.

—Entonces, ¿por qué esa reacción?

—No sé, fue algo irracional. Yo soy muy así. Hago una montaña de un grano de arena y complico las cosas más sencillas.

Rosa Winchester tuvo durante unos días la sensación amarga de que Luna y Manu hacían cosas a sus espaldas, como si se hubieran unido y ella hubiera quedado fuera de un círculo imaginario. Veía sufrir a Jimi y no entendía cómo Manu y Luna se podían encerrar en el cuarto de esta a tocar la guitarra y a componer música. Le parecía que ella se enteraba de las cosas casi por casualidad. Se sentía excluida en su propia casa. Intentaba tratar a Manu con naturalidad, pero le costaba muchos esfuerzos y nunca estaba segura de que aquellos tímidos acercamientos fueran efectivos.

«Así que has conocido a don Cosme», le dijo después de pensarse mucho si hablar con el chico de aquel asunto.

Manu tardó un rato en reaccionar. Sin duda, le pareció extraño que Rosa llamara así a su propio padre.

«Sí, don Cosme. Es un hombre curioso», asintió al fin Manu con su característica escasez de palabras.

Rosa permaneció unos segundos callada, esperando que Manu contara algo más, pero Manu no decía nada.

«La relación con los padres es a veces difícil, ¿no?».

Él simplemente afirmó con la cabeza.

De repente, Rosa pensó que Manu y ella tenían muchas cosas en común. Se miraron fijamente, como si trataran de adivinarse el pensamiento. Rosa consideró que era el momento de hablarle de Jimi y de otros asuntos pendientes, pero sintió pánico. Se quedó callada. Manu se dio la vuelta hacia la puerta de la habitación. Y, antes de que saliera, ella lo llamó:

«¡Manu! Sé que todo esto es muy difícil para ti, pero no olvides que también lo es para los demás». Manu la escuchó sin hacer ningún gesto. «Quiero que sepas que yo nunca te diré lo que tienes que hacer».

«Vale».

—Yo creía que las cosas no había que forzarlas, pero llegó un momento en que me pareció imposible que entre Manu y su padre llegara a haber un entendimiento. Cuando estaban juntos, se les veía tensos a ambos. Además, coincidió con esa época en que Jimi se comportaba de forma rara y yo, tonta de mí, pensaba que todos sus problemas venían por la mala relación con su hijo, o más bien por su nula relación. Pero no era así. Había cosas ocultas que yo no podía ni imaginar y que Jimi no quería contarme para que no me preocupara.

Jimi salía de casa y entraba como alma pena. Apenas hablaba con Luna y con Rosa. Su comportamiento era cada vez más hermético y la mayor parte del tiempo estaba como ausente. Ella veía que su marido estaba pasando por un mal momento, pero no encontraba la forma de ayudarlo. Desaparecía de casa o de la tienda dos o tres horas, y al volver no contaba lo que había estaba haciendo, o daba explicaciones muy vagas.

Por fin, Rosa decidió plantarse y abordar el asunto. «¿Sabes que tu hijo ha conocido a don Cosme?», empezó.

Jimi apenas la miró ni se mostró sorprendido.

«¿Mi hijo? Qué raro suena eso».

«¿No te lo ha contado Luna?».

«No, no me ha contado nada. Luna y yo hablamos poco últimamente».

«Tampoco tú y yo hablamos mucho últimamente».

«¿Tú crees? Yo creo que hablamos bastante».

«Me refiero a las cosas importantes».

«Todas las cosas son importantes».

«¿Por qué no hablas con el chico?».

«¿Hablar con él? ¿Y qué quieres que le diga? Ya ves cómo pasa de mí».

«Ponte en su lugar. Lo está pasando mal. Y tú también. Son demasiados cambios en poco tiempo».

Jimi fue a responder algo, pero se quedó callado.

«¿Qué pasa, Jimi? ¿Hay algo más que no te atrevas a contarme?».

Hubo un silencio prolongado. Rosa Winchester sabía que a Jimi le costaba trabajo mostrar sus sentimientos. Manu y él tenían eso en común. Los silencios de ambos resultaban a veces angustiosos.

—Pero Manu se iba abriendo cada día un poco más y, por el contrario, Jimi estaba cada vez más desanimado. Lo veía triste. Amargado. Y yo pensaba que era únicamente por Manu. Qué equivocada estaba. Me costaba trabajo sacarle las palabras. Lo único que me alegraba un poco era que Manu y mi hija comenzaban a llevarse bien, aunque yo me sintiera al margen de ellos. Al menos, cuando se encerraban en el cuarto y Luna tocaba la guitarra, eran ratos de normalidad en casa. Lo demás era un sinvivir constante.

Luego, Rosa Winchester empezó a percibir que, cuando hablaba con Luna, la chica se ponía a la defensiva.

«¿Por qué me preguntas tanto?».

«Porque me gusta saber cómo le van las cosas a Manu».

«¿Y por qué no le preguntas a él?».

Y así fue dándose cuenta de que la distancia entre ella y su hija también se iba haciendo cada vez más grande. Y temió que pudiera llegar a ser insalvable.

Jimi

Maneras de vivir

—Cuando pasa el tiempo y ya no eres joven es cuando te das cuenta de todas las tonterías que has hecho en la vida. A los veinte años nadie se para a pensar demasiado. Al menos, yo no me paraba. Por eso, cuando veo a Manu y a Luna, me arrepiento de muchas cosas. Yo creo que las generaciones van superando a las anteriores. Mira Luna, con sus rastas y su aire de chica rebelde, pero con ese coco que tiene. Toca la guitarra cien veces mejor que yo, y del chelo ni te cuento, claro.

—Pero, Jimi, tú has hecho cosas muy importantes en tu vida.

—Sí, claro, en la música sí. Sin embargo, mi vida ha sido un desastre. No vale de nada conseguir algo si luego no sabes conservarlo. Y yo lo perdí todo. Bueno, ahora tengo cosas muy importantes. Pero eso es mérito de Rosa, no mío. Y, a pesar de todo, también estuve a punto de perderlo por no haber sido honesto con ella, por mi miedo a contar las cosas.

—¿Te refieres al asunto del Zotes?

—Por ejemplo.

—No fue culpa tuya.

—En parte sí, porque yo tenía que habérselo contado a Rosa desde el principio y las cosas habrían sido de otra manera. Vamos, estoy seguro.

—¿Y por qué no se lo contaste?

—Porque en esa época mi cabeza era una olla a presión y se me juntó todo: lo del Zotes, lo de la muerte de Clara, lo de Manu. Me pasaba las noches dando vueltas en la cama sin pegar ojo. No quería que Rosa se preocupara. Bastante tenía ella con lo de Manu. Me entraron paranoias. Y luego resultó que no eran paranoias mías. Es que lo del Zotes fue muy fuerte.

A Jimi lo rondaban pensamientos extraños. De pronto empezó a tener la sensación de que alguien lo seguía cuando iba por la calle. Se sentía observado, vigilado. Iba caminando por una acera y creía sentir la presencia de alguien detrás de él. Entonces se volvía para mirar y no veía nada raro. Tardó un tiempo en comprender lo que estaba pasando. No podía sospechar que el Zotes estuviera detrás de aquello.

—Una noche que venía con Rosa del ensayo vi a un tipo enfrente de casa, apoyado en la pared. Me dio muy mala espina. No sabría explicar por qué. En la cárcel conocí a gente así. Se les reconoce a kilómetros. Enseguida me vino a la cabeza el trullo y todo lo que pasé allí dentro.

Era un tipo de entre treinta y cuarenta años, pero parecía un anciano prematuro. Los ojos hundidos, encorvado, vestido con un chándal viejo. Fumaba con mucha parsimonia y miraba a Jimi y a Rosa con descaro mientras entraban en casa. Jimi creyó que Rosa no se había fijado en aquel tipo. Eso lo alivió. Pero estaba equivocado.

No era la última vez que iba a toparse con él. En los días siguientes, cuando estaba en la tienda, le pareció ver al mismo tipo en la acera de enfrente. Así varios días seguidos, hasta que dejó de verlo. Ahí fue donde comenzó la obsesión de sentirse vigilado en la calle. Una sensación desagradable. Se paraba, se volvía y no veía nada raro, pero seguía notando algo extraño. Y un día, al girarse, identificó la cara de aquel tipejo que le recordaba a una comadreja de los dibujos animados de su niñez. Se quedó paralizado. Aquello ya no era una casualidad: el tipo lo estaba siguiendo, no tenía dudas. Y cuando vio que Jimi lo había descubierto, cruzó la calle y desapareció. Jimi no se atrevió a ir detrás de él. No era miedo lo que sentía, sino confusión y desconcierto.

Era la época en que pensaba que se había librado del Zotes. Pero, entonces, el Zotes volvió a la carga. Finalmente, tras muchas evasivas, quedaron en la terraza de una cafetería lejos de la calle Quintana.

«Tío, ¿por qué no me coges el teléfono? Eso no se le hace a un colega».

«Te lo he cogido».

«Sí, pero te he llamado mil veces».

«Mira, Zotes, estoy muy liado».

«Ya, ya lo sé. Los tíos famosos siempre estáis muy liados».

«Yo no soy famoso».

«Lo eres, tío. Conmigo no tienes que ser modesto. Eso no cuela».

«¿Qué quieres, Zotes?».

El Zotes puso cara de desesperación. Se pasó las manos por el pelo y dijo con una voz demasiado afectada:

«Los de Hacienda van a por mí, tío. Si no pago lo que debo, me quitan el taller».

«Te di quinientos euros. No te puedo dar más».

«Sí, eso ya me lo has dicho. Y te agradezco los quinientos. Si no fuera tan urgente, no te lo pediría. No tengo a nadie más a quien pedírselos».

«Yo no soy rico, Zotes. Lo que gano con la tienda es para ir tirando».

Entonces, el Zotes se puso serio y su gesto se tornó agresivo. Era como si se hubiera quitado una careta.

«No me jodas, Jimi, a mí no me puedes engañar».

«No te estoy engañando».

«¿No? ¿De verdad que no puedes dejarme seis mil euros? Sabes que te los voy a devolver».

«Antes eran tres mil», le recordó Jimi.

«Eso era antes. Cada día que pasa la deuda crece».

«No tengo ese dinero».

«Lo tienes. Me he enterado de que tienes pasta».

«¿Que te has enterado tú?».

«Sí, sé que ganas mucho con esos conciertos pachangueros que dais por ahí. Y, además, has heredado un piso en Madrid que valdrá una pasta gansa».

Jimi no podía creer lo que estaba oyendo. Definitivamente, pensó que el Zotes estaba loco. Respiró profundamente antes de responder.

«Yo no he heredado ningún piso».

«Sí, el piso de tu mujer, la de Madrid. La que la palmó antes del verano. Me contaste hace tiempo que estabas agobiado porque tenías que ponerlo en venta, ¿o es que ya no te acuerdas?».

«Ese piso es de mi hijo», replicó Jimi, y enseguida se arrepintió de haber dado explicaciones.

«Para el caso, es lo mismo».

Jimi se levantó, pero el Zotes lo agarró de la muñeca y lo retuvo. Por primera vez sintió miedo del Zotes al ver su mirada violenta. Sin embargo, el Zotes cambió enseguida su estrategia y suavizó el tono de voz.

«Venga, tío, vamos a tranquilizarnos. No te mosquees conmigo. Somos colegas. Es que estoy nervioso por lo de Hacienda. Solo necesito esos seis mil euros y te juro por mis muertos que no te daré más la murga».

«Vale, vamos a tranquilizarnos», dijo Jimi con voz temblorosa. «Mira, Zotes, no sé por qué te contaría lo del piso de Madrid, pero yo no tengo nada que ver con eso. El piso era de la madre del chico y, cuando se venda, será todo para él. Yo no quiero saber nada de ese dinero. No es mío, ¿vale?».

«Vale. OK. El piso es de Manu. Pero él es menor de edad. Así que hasta que cumpla dieciocho...».

«¡¿Y tú cómo sabes que se llama Manu?!», gritó Jimi fuera de sí.

La gente de las mesas próximas se volvió a mirar.

«Yo sé muchas cosas, tío, muchas. Más de las que te imaginas. Tu hijo es un buen chaval, seguro. Es clavadito a ti».

Jimi se levantó con tanta fuerza que tiró la silla y, en esa ocasión, el Zotes no tuvo tiempo de agarrarlo de la muñeca.

«Se acabó, Zotes. No te voy a consentir que te metas en mi vida, ¿me oyes?».

«Vale, tío, pero no te mosquees. Te lo estaba diciendo todo de buen rollo».

«Pues no quiero buen rollo ni mal rollo contigo. ¿Me entiendes? No quiero nada, absolutamente nada».

Jimi salió del bar hecho una furia. Sus pensamientos iban tan deprisa que no le daba tiempo a procesarlos. Echó a andar hacia casa y terminó casi corriendo. Subió las escaleras de dos en dos. Entró en la cocina y se encontró a Rosa, que estaba preparando un té.

«¿Y Manu?», preguntó con el rostro desencajado.

Rosa se asustó al verlo tan alterado.

«¿Pasa algo?».

«No, nada. Pero ¿dónde está el chico?».

«En la habitación de Luna. Están con la guitarra», respondió Rosa. «¿Está todo bien?».

Jimi seguía tenso.

«Sí, todo bien. No pasa nada. Solo quería saber si el chico estaba en casa».

Jimi corrió por el pasillo y se detuvo en la puerta del cuarto. Llamó con los nudillos y abrió ligeramente. Se quedó mirando a los dos. Enseguida Luna debió de darse cuenta de que algo no iba bien.

«¿Qué pasa, Jimi?».

Él tardó en responder.

«Nada, no pasa nada. Solo quería asegurarme de que estabais bien».

Luna y Manu se miraron con gesto de extrañeza. Jimi fue a decirle algo a su hijo, pero no le salieron las palabras. Siempre le pasaba lo mismo con Manu. Hizo un gesto con la cabeza para despedirse y cerró la puerta.

MANU

Voy aprendiendo el oficio

—Y de pronto te diste cuenta de que sucedía algo raro, ¿no?

—Sí, cuando se presentó aquel hombre, me pareció que había un asunto turbio por ahí.

—¿Te refieres al Zotes?

—Sí, ese. Entonces yo no sabía cómo se llamaba. No me quiso decir su nombre. Se acercó y me comentó que era amigo de Jimi.

Manu no recordaba exactamente cuándo ocurrió el encuentro. Recordaba, eso sí, que Lorena y él se habían visto a la salida del instituto, como casi cada día. Luna continuaba sin acercarse a ellos dos cuando los veía juntos en el instituto. Manu no entendía por qué. Sin embargo, en casa se portaba con naturalidad con él, aunque también estuviera Lorena.

El Zotes se acercó y le dedicó una sonrisa que a Manu le pareció falsa.

«Vaya, vaya, mira qué casualidad», dijo como si lo conociera. «Tú eres el hijo de Jimi, ¿a que sí?».

Manu asintió con un ligero movimiento de cabeza.

«¿Sabes?, tu padre me ha hablado mucho de ti».

«¿De mí?».

«Sí, claro, Jimi me habla mucho de ti. Me ha enseñado fotos tuyas. Por eso te he reconocido».

Manu miró de reojo a Lorena y vio que estaba muy seria.

«Yo soy un gran admirador de tu padre. De los viejos tiempos. Sí, sí, ya lo creo».

El Zotes le puso una mano en el hombro a Manu y el chico sintió un escalofrío que le recorrió todo el cuerpo.

«Vámonos, Manu», sugirió Lorena tirando discretamente de él.

«Así que te llamas Manu. Bonito nombre».

«Tenemos que irnos», insistió Lorena.

«¿Y esta es tu novia? Muy guapa, sí, señor».

Lorena y él se alejaron sin decir nada, sin mirarse, hasta que la chica advirtió:

«Ese tío me da muy mala espina».

«¿Por qué?».

«No me gusta nada. Tiene una forma de mirar que da miedo».

«¿No estás exagerando un poco?».

«Además, no creo que te haya encontrado por casualidad. ¿Tú crees que Jimi va enseñando fotos tuyas por ahí?».

Manu se burló de Lorena, pero lo cierto era que a él también lo había puesto nervioso.

Cuando Manu llegó a casa, Jimi estaba montando una estantería que había comprado para la habitación de su hijo. Se miraron y enseguida apartaron la vista. A Manu le pareció que Jimi hacía un gran esfuerzo para hablarle.

«¿Qué tal todo?», dijo sin mirarlo.

«Todo bien», respondió Manu sin desviar los ojos de la mesa.

«La he comprado para ti. Te faltaba espacio para poner tus cosas».

«Vale».

Manu estuvo a punto de contarle el encuentro con aquel tipo siniestro a la salida del instituto, pero en el último momento se dio la vuelta y, cuando iba a salir del cuarto, oyó de nuevo la voz de su padre:

«Manu».

Se volvió y vio a Jimi apurado, nervioso.

«¿Qué pasa?».

«Me han dicho que has conocido a don Cosme».

«¿Te lo ha contado Luna?».

«Bueno..., Rosa».

«Ya veo que en esta casa no se puede hacer nada sin que todo el mundo se entere».

«No es eso... Simplemente nos contamos las cosas».

«Sí, he estado en casa de don Cosme», dijo Manu a la defensiva. «¿Te parece mal?».

«No, no, al contrario. Es un tipo peculiar, y en el fondo...», no terminó la frase Jimi.

«En el fondo ¿qué?».

Manu se dio la vuelta y antes de salir, de espaldas, le soltó:

«¿Es verdad que mataste a un hombre?».

Cuando se giró, vio el gesto de sorpresa de su padre, congestionado, colorado. Su voz sonó temblorosa:

«Bueno, sí, es verdad. Fue un accidente. Pero ya he pagado por eso. Yo no soy el de antes. Si quieres, podemos sentarnos y te lo cuento».

«Ahora tengo cosas que hacer».

«Vale, como prefieras. Quizás en otro momento».

Se miraron durante unos segundos hasta que Manu comentó:

«Sí, es un tipo peculiar».

«¿Cómo dices?».

«Que sí, que don Cosme es un tipo peculiar».

Luego se marchó sin darle tiempo a Jimi a replicar nada.

Don Cosme era realmente un tipo peculiar. Tanto su aspecto físico como su forma de ser eran peculiares. Parecía un personaje de una novela del siglo XIX. En casa vestía siempre un batín sobre la ropa, que a Manu le parecía haber visto en películas antiguas, y llevaba pajarita. Luna y Manu lo habían visitado en varias ocasiones. La primera vez, don Cosme le dio un apretón de manos y lo miró fijamente a los ojos.

«Así que usted es el hijo del famoso *rockero*».

A Manu le impresionó que don Cosme le hablara de usted. Miró a Luna por si se trataba de una broma, pero el gesto de la chica era de total normalidad, como si fuera precisamente eso lo que esperaba.

«Me temo que sí», respondió Manu.

«Bueno, bueno, no lo diga como una condena. Su padre no me desagrada en absoluto, aunque usted haya pensado seguramente lo contrario. Al menos, va de cara por la vida. Y eso no se puede afirmar de todo el mundo».

Don Cosme era un tipo serio y seco, algo estirado, pero saltaba a la vista que sentía debilidad por su nieta Luna. La casa también parecía del siglo XIX, como él. Había fotografías antiguas por todas partes, en la pared, sobre los muebles, en marcos de plata oscurecidos por el tiempo. El centro del salón lo presidía un gran piano de cola que a Manu le pareció un ataúd. Don Cosme no era muy hablador. De vez en cuando miraba a Manu de reojo y asentía con un gesto.

«¿Le gusta la música?», le preguntó al chico en una de las ocasiones.

«Creo que sí».

«¿Lo cree o tiene la certeza de que le gusta?».

«Bueno, sí, me gusta la música».

«¿La música clásica?».

«Toda la música».

«Eso está muy bien».

«Tengo entendido que ha escrito unas letra para las canciones de mi nieta. Lamento que desperdicie usted su talento en esas menudencias, aunque me alegra saber que, al menos, tiene inquietudes».

Manu no supo qué decir. Se limitó a asentir con un gesto tímido. Luna sonreía ligeramente, acostumbrada, al parecer, a los comentarios de su abuelo. Al salir de casa, Manu le reprochó a la chica que le hubiera contado aquel secreto a su abuelo.

«No es ningún secreto», respondió Luna. «¿O crees que acaso debería serlo?».

«No sé. A lo mejor tendríamos que esperar un poco más a ver si somos capaces de hacer algo que merezca la pena».

«¿Por qué dudas tanto de ti mismo?».

«No dudo, pero creo que estamos lanzando cohetes antes de saber si habrá fiesta».

«¿En serio piensas eso?».

Manu dio un requiebro a la conversación.

«Dime una cosa, Luna. ¿Por qué nunca te acercas en el instituto cuando estoy con Lorena?».

La chica trató de disimular la sorpresa, pero a Manu no se le escapó su reacción.

«Eso no es verdad».

«Sí lo es».

«Bueno, a lo mejor lo hago, pero no es a propósito».

«Lorena es tu mejor amiga. ¿Os pasa algo?».

«¿Pasarnos? No. Está todo bien entre nosotras».

«Vale. Es lo que quería saber».

«Ahora respóndeme tú a otra pregunta», propuso Luna, y después guardó silencio, como si se hubiera arrepentido de decirlo.

«¿Vas a preguntar o tengo que adivinarlo?».

«¿Te interesa Lorena?».

Manu arqueó las cejas y la miró serio.

«¿Interesarme? ¿A qué te refieres?».

«Manu, tú no eres tonto, o no lo pareces. Sabes perfectamente a lo que me refiero».

«Sí, creo que sé a lo que te refieres. ¿Te molestaría si Lorena me interesara?».

Luna contestó sin pensarlo un segundo.

«En absoluto».

Siguieron caminando un rato en silencio. A Manu le pareció que Luna se desentendía de él. Unos metros más allá la retuvo por el brazo.

«No, no me interesa Lorena. Al menos, no en el sentido en que tú lo preguntas».

«No lo preguntaba en ningún sentido».

«Bien, ahora te toca a ti: ¿te interesa Nacho?».

Luna soltó una carcajada que a Manu le sonó ofensiva.

«¿Nacho?, ¿que si me interesa Nacho?». Su gesto era de estar divirtiéndose con la pregunta. «¿Te molestaría si me interesara?».

«En absoluto».

«Pues sí, me interesa. Nacho es para mí como un hermano. Nos conocemos desde que éramos unos críos. Es divertido, tenemos gustos musicales parecidos…».

«Y es guapo», la interrumpió Manu.

«Sí, muy guapo. Pero te voy a confesar que a mí siempre me han atraído los tipos tirando a feos».

Entonces fue Manu quien soltó la carcajada. No sabía cómo tomarse aquella confesión.

«Ahora que, si me preguntas si Nacho me interesa en el mismo sentido en que yo te he preguntado si te interesa Lorena, te diré que no: Nacho no me interesa. ¿He respondido a tu pregunta?».

«Sí».

«¿Algo más que quieras saber?».

«Por hoy no».

«Vale, pues seguimos otro día con las preguntas».

Luna

Olvidando el porvenir

—Me estabas contando que recuerdas esa época con cierta angustia.

—No, no, con cierta angustia no, con mucha angustia. Muchísima. Ni te lo imaginas. Fíjate, todavía ahora, cuando me acuerdo de aquellos días, me falta el aire. Me cuesta trabajo respirar.

—Entonces, supongo que lo recordarás como algo desagradable.

—No, no es eso. No era desagradable. O sí, no lo sé, la verdad. Es que me sentía fuera del mundo. Pensaba una cosa y al minuto siguiente, la contraria. Tenía la impresión de que mi cabeza iba por un sitio y mi cuerpo por otro.

Luna no era capaz de asimilar y procesar todas las ideas que, como un aluvión, le venían a la cabeza. De repente, había empezado a sentir que el mundo a su alrededor se tambaleaba. Era como si no pisara tierra firme. Intentaba ordenar sus pensamientos, pero estos eran cada vez más caóticos. Y, para colmo, su relación con Lorena comenzó a deteriorarse: las cosas entre ellas ya no eran como antes, como habían sido siempre desde que se habían conocido en primaria. Veía a Manu hablar con su amiga en el instituto y enseguida se apoderaba de ella un malestar que no podía explicar.

Otras veces sentía el deseo repentino de abofetear a Manu y decirle lo que opinaba de su relación con Jimi. No conseguía concentrarse cuando se ponía a estudiar. Su único refugio era el chelo y el tiempo que pasaba por las tardes en el conservatorio. Eran como un paréntesis que la permitía sentirse relajada por unas horas. Cuando terminaba las clases en el conservatorio, su pensamiento volvía a desbocarse.

«¿Todo bien?», le preguntó en cierta ocasión Lorena al salir del conservatorio.

«Sí, todo bien. ¿Por…?».

«No sé, te veo rara últimamente».

«A lo mejor es porque soy rara».

Lorena quedó descolocada ante la respuesta inesperada de su amiga.

«Nos conocemos demasiado, Luna. Conmigo no tienes que disimular».

«Ni tú tampoco».

«¿Te parece que estoy disimulando?».

«No sé. Tú sabrás».

Aquellas respuestas fuera de lugar se hicieron frecuentes. Los acercamientos de Lorena tropezaban siempre con respuestas bruscas de Luna, a veces desagradables.

Y con Manu las cosas no iban mejor que con Lorena. Cuando estaban en casa, Luna seguía con disimulo sus movimientos, sus idas y venidas. Pero cuando él se acercaba, ella se ponía a la defensiva.

«¿Has quedado con Lorena para ir al conservatorio?», le preguntó Manu un día.

«Sí, claro, como siempre. ¿Por…?».

«¿Puedo acompañaros?».

«¿Acompañarnos al conservatorio?».

«Si no te molesta».

«¿Molestarme? No, no me molesta, pero no sé qué se te ha perdido a ti en el conservatorio».

Manu la miró muy serio, con aquella cara que tanto recordaba a la de Jimi cuando trataba de entender algo que no había captado a la primera.

«Nada. Es que no me apetece quedarme en casa».

«¿Seguro que es solo por eso?».

Manu no dijo nada. Levantó las manos con un gesto que también hacía Jimi; era una forma de demostrar que quería paz. Y Luna se mordió los labios para no soltarle lo que pensaba en realidad de aquel repentino interés de Manu.

Algunas veces Manu tocaba en la puerta del cuarto de Luna y asomaba la cabeza para saber lo que estaba haciendo la chica. Pero últimamente había empezado a percibir que a Luna le molestaba.

«¿Estás ocupada?».

«Eso depende de lo que entiendas por estar ocupada».

Manu le mostró su libreta de tapas negras.

«He escrito algo que quizás merezca la pena. Me gustaría que me dieras tu opinión».

«En otro momento. Ahora estoy cansada».

Luna era consciente de que su carácter arisco estaba minando a Manu, pero no podía evitarlo. Le dolía ver cómo se comportaba con Jimi, pero al mismo tiempo se sentía incapaz de decírselo. No tenía fuerza ni ánimo para tratar aquel asunto con Manu abiertamente.

Quería estar con él, verlo, hablar, seguir componiendo canciones juntos. Sin embargo, se frenaba con rabia y a veces decía y hacía lo contrario de lo que le dictaba su corazón.

—Ya te he comentado que yo era pura contradicción en esa época. Y eso me afectaba a todo.

—¿A la relación con tu madre también?

—Sí, por supuesto, y con Jimi. Me sentía enfadada con el mundo, y en realidad era conmigo con quien estaba enfadada. Yo creo que todos nos comportábamos de una forma un poco extraña.

—Pero parece ser que por distintos motivos.

—Sí, claro. Eso lo sé ahora. Entonces no entendía casi nada.

Jimi también parecía perdido, distante. Cuando Luna le hablaba, lo notaba ausente, quizás preocupado, aunque ella no podía conocer la verdadera naturaleza de su preocupación. Toda la culpa se la echaba a Manu. Añoraba los tiempos en que vivían los tres en casa y hablaban. Desde que Manu había entrado en sus vidas, apenas se contaban nada. Cuando estaban todos juntos, Luna percibía la tensión desagradable que se producía. Y a veces no podía soportarlo.

Nacho también había notado que Luna se comportaba de una forma distinta. Antes, ella le consultaba cualquier cosa que le preocupara. Ahora, Luna era hermética con él. Ponía excusas para no quedar, tardaba demasiado en responder a sus mensajes de móvil o directamente no respondía. Después de varias respuestas evasivas, Nacho decidió hablar con ella de forma abierta, sin tapujos.

«No sé qué te pasa, pero si he hecho algo que te haya molestado me gustaría que me lo contaras», le comentó Nacho en una ocasión en que Luna había decidido quedarse en casa en vez de salir como todos los fines de semana.

«No has hecho nada. Es solo que no tengo ganas de salir este fin de semana».

«Vale, pero antes teníamos confianza para decirnos las cosas a la cara».

«Bueno, sí, pero no estoy pasando un buen momento. Simplemente, no me apetece hablar».

«¿Querrá salir Manu?».

«¿Por qué no se lo preguntas a él?».

Estaban en el bar de la Flaca y el Mono. Apenas había gente a esa hora y Nacho estaba detrás de la barra.

«Vale, le pediré a Lorena que se lo pregunte», dijo Nacho de mala gana.

«¿Y por qué a Lorena?».

Nacho parecía molesto por el comportamiento de Luna. Ella se lo notaba en los gestos y en la mirada. Se conocían demasiado bien.

«Si quieres que te diga la verdad, me da lo mismo lo que haga Manu. Lo decía por ser amable», zanjó el asunto Nacho. «Ahora tengo que colocar estos vasos, perdona».

Nacho se dio media vuelta y solo se detuvo cuando oyó la voz de Luna.

«Dime una cosa, ¿qué piensas de Manu?».

«¿Qué pienso yo de Manu?», dijo Nacho muy serio. «¿Acaso importa lo que piense yo?».

«A mí me importa».

«Vale. Entonces te diré que me parece un poco borde y algo estirado. Es como si nos perdonara la vida con la mirada».

«No lo está pasando bien. Todo esto está siendo duro para él».

«Bueno, la vida es dura. Estar diez horas detrás de esta barra es duro. Estudiar cuatro horas diarias de chelo es duro. Llegar a final de mes con un sueldo de mierda es duro para mucha gente».

«Ya veo que no te cae muy bien».

«Ni bien, ni mal. Me has preguntado y te he respondido. No tengo nada en contra de él. Pero, por ejemplo, no me gusta la forma en que trata a Jimi».

«A mí tampoco. Pero es un buen chico».

«Pues no vale solo con ser un buen chico, también hay que demostrarlo. Y él no ha demostrado nada. En fin, es medio hermano tuyo, así que no tengo derecho a meterme en vuestros asuntos».

«No es medio hermano», saltó Luna como si la hubieran pinchado con una aguja.

Nacho la miró con una sonrisa irónica, o eso le pareció a ella.

«Vale. Vosotros tenéis que resolver vuestros problemas. No me metas a mí por medio».

Luna se quedó hundida después de aquella respuesta. Nacho siempre había sido un apoyo incondicional para ella en los buenos y en los malos momentos, más que un simple amigo. Y ahora sentía que todo se estaba estropeando.

Aquella misma noche lo llamó sin falta para pedirle disculpas.

«Soy una estúpida, lo sé. No quiero que te enfades conmigo».

«No me enfado. Es solo que no entiendo tu comportamiento. No tengo nada en contra de Manu, pero insisto en que deberíais hablar las cosas entre vosotros».

«Ya hemos hablado..., creo».

«¿Y...?».

«Y nada... Estoy hecha un lío».

«Sí, eso es lo que me parecía».

Con su madre, las cosas no iban mejor. Cada vez tenían más roces. Luna pensaba a veces que ellas dos eran muy parecidas y, otras, que eran polos opuestos. En más de una ocasión se propuso hablar con ella, pero realmente no sabía bien lo que quería decirle, ni estaba segura de que su madre fuera a comprenderla. Percibía ciertos intentos de acercamiento hacia ella, pero enseguida la conversación se diluía y no llegaban a nada.

«¿Cómo van esas canciones?».

«¿Qué canciones?».

«Las que estáis componiendo Manu y tú».

«No sé, está todo un poco parado».

A Luna le habría gustado que su madre insistiera, que le preguntara algo más, pero Rosa Winchester parecía tener también el pensamiento en otra parte.

«Este sábado vamos a tocar aquí cerca, ¿querrás venir?».

«Tengo mucho que hacer».

«Bueno, como quieras».

Luna pensó: «¿No vas a insistir? Antes siempre insistías». Pero su madre no lo hizo.

«¿Querrá venir Manu?», se interesó Rosa.

Luna se puso alerta.

«¿Manu? ¿Y por qué me lo preguntas a mí? Pregúntaselo a él. ¿Por qué todo el mundo me pregunta lo que quiere o no quiere hacer Manu?».

«Bueno, no te pongas así».

Rosa Winchester no se enfadó por la respuesta de su hija. En otra época no muy lejana se habrían enzarzado en una discusión absurda que seguramente habría terminado con el agotamiento de ambas. Luna lo hubiese preferido.

La joven también percibía que Manu empezaba a evitarla. Se observaban de reojo, intercambiaban miradas y monosílabos.

—Eso no lo entiendo bien. Al parecer, entre vosotros había un buen entendimiento. Habíais empezado a hablaros con franqueza…

—Sí, por eso. Yo esperaba que Manu diera algún paso. Pero era muy parado. Me arrepentí de haber tenido ciertas conversaciones con él.

—¿Por qué?

—No sé, porque era como haberle mostrado mi punto débil.

—¿Y realmente se lo habías mostrado?

—Pues sí. Yo pensaba que Manu sabía que yo estaba nerviosa por su culpa y de alguna manera jugaba conmigo. Bueno, ahora no lo creo. Quiero decir que no creo que jugara conmigo. Pero en ese momento sí me lo parecía. Y me daba muchísima rabia.

Rosa Winchester

Me quejo solo de vicio

—Fue Luna la que hizo que se me dispararan todas las alarmas sobre Jimi.

—¿Por qué? ¿Te comentó algo sobre él?

—Solo me hizo una pregunta. Y entonces me di cuenta de que no eran únicamente neuras de mi imaginación.

Rosa y su hija andaban ya un tiempo a la gresca. A Rosa le parecía que Luna estaba especialmente irritable, distante con ella; todo lo que le decía a su hija le parecía mal. No conseguía hablar con ella con tranquilidad. El nombre de Manu era tabú en sus conversaciones. Cada vez que lo mencionaba, Luna se ponía a la defensiva. No obstante, en ningún momento Rosa llegó a imaginar lo que estaba ocurriendo entre ellos.

Un día, sin venir a cuento, Luna le planteó a su madre:

«¿Qué le pasa a Jimi?».

A Rosa le dio un vuelco el corazón. Primero, porque su hija llevaba varios días ignorándola; y segundo, porque Rosa estaba preocupada por Jimi desde hacía tiempo. Su comportamiento la desconcertaba.

«¿A qué te refieres?».

«A que está muy raro últimamente».

«¿Tú crees?».

«¿Habéis discutido?».

«Por supuesto que no».

«Lo dices como si fuera algo gravísimo. Todas las parejas discuten».

«Menos nosotros», sentenció Rosa Winchester.

«Vamos, mamá, no me trates como a una niña».

«No lo estoy haciendo. Te digo la verdad: no sé qué le pasa a Jimi. Supongo que el asunto de Manu le está afectando».

«Nos está afectando a todos, pero yo creo que Jimi tiene otros problemas que no quiere contarte».

A Rosa se le cayó el mundo encima al oír aquella afirmación en boca de su hija. Ella también pensaba lo mismo. Y, aunque trataba de justificarlo, no hallaba una explicación razonable al comportamiento de Jimi. Cada vez hablaba menos con ella. Lo veía ausente en los ensayos del grupo, sin entusiasmo. A veces Rosa se dirigía a él y Jimi no la escuchaba. Tenía que repetirle las cosas y ni aun así conseguía arrancarle una palabra.

Hasta la Flaca se había dado cuenta y también se lo dijo a Rosa:

«¿Qué os pasa a Jimi y a ti?».

«¿A ti también te parece que está muy raro?».

«Es más que evidente. Parece un alma en pena».

«Chica, no sé. No consigo sacarle ni una palabra. Tengo miedo de que esté haciendo algo a escondidas».

«¿Te refieres a…?».

«No, por favor, no lo digas. Solo de pensarlo se me ponen los pelos de punta».

«¿Y por qué no se lo preguntas directamente?».

«Porque tengo miedo a lo que me vaya a responder».

«¿Y no es peor vivir así?».

«Pues sí, es peor vivir con las dudas».

«¿Quieres que hable yo con él? Con mucha discreción, sin agobiarlo. A lo mejor…».

«No, gracias, eso tengo que hacerlo yo».

La Flaca era la mejor amiga de Rosa desde hacía mucho tiempo y Rosa sabía que, si mostraba un poco de preocupación, era porque realmente estaba muy preocupada.

—Y entonces empecé a hacer cosas que me hacían sentir muy mal.

—¿Cosas? ¿Qué cosas?

—Me da hasta vergüenza contarlo. Si Jimi lo hubiera hecho conmigo, me habría puesto hecha una furia. Pero es que estaba aterrada. Sentía que lo estaba perdiendo. Sí, esa era la sensación que tenía.

Rosa Winchester se sorprendió un día a sí misma registrando las cosas de Jimi. Buscaba en los bolsillos de los pantalones, de la cazadora, en sus cajones. Se sentía despreciable al hacerlo, pero no podía resistirse. No sabía bien lo que buscaba: cualquier cosa que le diera una pista sobre lo que pasaba por la cabeza de Jimi.

—¿Qué creías que podrías encontrar? ¿Drogas?

—No lo sé. Me horrorizaba la idea de encontrar algo, pero mucho peor era vivir con aquella incertidumbre.

El hecho de no descubrir ninguna evidencia que confirmara sus sospechas no la tranquilizaba. En vez de eso, pensaba que Jimi tenía mucho cuidado para no dejar pistas.

Un día cogió el teléfono de Jimi y miró todos los mensajes que había recibido. Ninguno llamó su atención. Y, sin embargo, seguía inquieta.

Empezó a vigilar a Jimi y a seguir sus movimientos sin que él lo advirtiese. Las idas y venidas de su marido le preocupaban porque no daba ningún tipo de explicación. Aquello era lo que más la hacía desconfiar. Jimi no había tenido nunca secretos para ella. Al menos, hasta ese momento.

—Una vez decidí seguirlo. Sí, sí, ya sé que suena muy mal. Pero es que estaba desesperada. De pronto recibía una llamada en el móvil y se le transformaba la cara. Yo me daba cuenta de que trataba de disimular, pero Jimi era transparente como el agua. Bueno, lo es. No tiene dobleces. No sabe mentir. Por eso me convencí de que estaba mintiendo.

«¿Quién te ha llamado?».

Jimi se ponía colorado y tragaba saliva como un niño sorprendido en una fechoría.

«Nadie».

«¿Cómo que nadie?».

«Bueno, sí, un cliente que quiere que le consiga un disco de los Rolling».

«¿Qué disco?».

Jimi tardaba tanto en responder a aquellas preguntas tan sencillas que las dudas de Rosa Winchester crecían cada día. Otras veces Jimi salía a la calle o al balcón para atender las llamadas.

—Una noche que volvíamos del ensayo, había un hombre en la casa, apoyado en la pared, fumando. Y enseguida me dio muy mal rollo. Tenía cara de rata.

Eso fue lo que pensé al verlo. Me pareció que Jimi se ponía nervioso. Apenas hizo un gesto. Ni siquiera eso. Fue como si se pusiera tenso. Lo noté en la presión de su brazo. Lo llevaba echado por encima de mi hombro. A él le gusta ir así por la calle, como si fuéramos adolescentes. Y a mí me encanta. De repente noté que me agarraba con más fuerza, y yo estaba segura de que era por aquel hombre. Supuse que tal vez se conocían de algo.

Rosa se olvidó pronto de aquel encuentro fugaz. Sin embargo, en los días siguientes Jimi parecía más nervioso, intranquilo. Cuando estaba en la tienda, lo veía mirar a la calle. Su gesto era más serio que de costumbre. Le preguntó lo que le pasaba, y Jimi contestó que había dormido mal. Esa solía ser su respuesta.

—Entonces fue cuando decidí seguirlo. Lo hice un par de veces nada más. Los domingos por la tarde no salíamos nunca de casa. Nos gustaba ver una peli o poner música. Pero las últimas semanas Jimi decía que le apetecía dar una vuelta. La primera vez le pregunté si quería que lo acompañara y me respondió que prefería pasear solo. Aquello me sentó como un jarro de agua fría. Por eso no insistí más.

—Y por eso empezaste a seguirlo.

—Me da vergüenza, pero es la verdad.

—¿Y descubriste algo?

—No, nada.

Rosa sentía pánico al pensar que Jimi se estuviera viendo con otra mujer, o que se hubiera enganchado otra vez a las pastillas. Estaba segura de que no había vuelto a beber, porque eso lo habría notado enseguida.

Sus seguimientos no fueron más allá de tres o cuatro manzanas. De pronto se daba cuenta de lo ridículo de su comportamiento, se paraba en medio de la calle, se repetía a sí misma que era una estúpida y se volvía a casa.

—Y al final decidí hablar con él. Una noche lo sometí a un tercer grado.

«Jimi, si te has cansado de mí, quiero saberlo».

Ella misma se sorprendió de la dureza y lo desmedido de sus palabras. Apenas las había pronunciado y ya estaba arrepentida. Jimi la miró con extrañeza, como si intentara averiguar si hablaba en serio o si bromeaba.

«¿Te has vuelto loca?».

«No, no me he vuelto loca. Estoy muy cuerda», respondió ella con rabia. «Si no quieres contarme lo que te pasa, no lo hagas. Pero no juegues conmigo. Ya somos mayorcitos».

«¿A qué viene eso?».

«Viene a que no sé a qué juegas. Ni siquiera sé si estás jugando conmigo».

Jimi estaba desconcertado. Según Rosa, no sabía fingir, así que pensó que su desconcierto era real.

«No sé si estás hablando en serio».

«Nunca he hablado tan en serio. Mira, Jimi, quizá creas que no me doy cuenta de las cosas, pero tú te traes algo entre manos. Si no quieres decirme lo que es, no me lo digas. Pero tú y yo hemos pasado cosas muy duras y las hemos superado. Sería una estupidez que ahora lo tiraras todo por la borda».

«Rosa, mi amor...». Aquella expresión lo desarmó. «Te juro que no sé de lo que me estás hablando».

Rosa estaba a punto de romper a llorar. Tuvo que hacer un esfuerzo para contenerse.

«Jimi, si estás metido otra vez en... Bueno, tú ya me entiendes…».

Jimi la escuchaba perplejo.

«¿Te refieres a las pastillas?».

«O a lo que sea», terminó Rosa.

Jimi sonrió por primera vez y la tensión desapareció de su rostro. Se sentó al lado de Rosa y la abrazó. La besó como si fuera el primer beso.

«¿De verdad tú piensas que…? ¿Has llegado a creer...?».

«No sé qué pensar, Jimi. Yo no creo nada, pero estás muy raro. Y ya llevas así demasiado tiempo».

«Mi amor, toda esa mierda del pasado se acabó».

Rosa sintió tanto alivio que finalmente se echó a llorar. Jimi la apretó con fuerza contra él.

«¿Es por Manu, pues, por lo que estás así de raro?»

Jimi se tomó su tiempo para responder.

«Supongo que es por muchas cosas. Sí, por Manu también. Pero tú no tienes que preocuparte por nada. Estoy bien. Han sido demasiados cambios en poco tiempo».

«Sí, pero han sido cambios para todos, no solo para ti. Y parece que tú no los llevas muy bien».

«Sí, tienes razón. Yo debería ser el más fuerte y no lo soy».

Aquella conversación tranquilizó a Rosa, aunque no del todo. Quiso convencerse de que Jimi decía la verdad. Y, sin duda, decía la verdad, aunque no toda la verdad.

JIMI

Maneras de vivir

—Supongo que hablar de todo lo que ocurrió después con el Zotes no será agradable.

—No, claro que no. Pero yo te cuento todo lo que quieras. No hay problema.

—Pues comienza por donde te parezca.

Jimi vivía angustiado por el acoso al que lo estaba sometiendo el Zotes. No sabía cómo quitárselo de encima. Se había dado cuenta de que era un tipo peligroso, pero no imaginaba hasta dónde era capaz de llegar. Si se paraba a pensarlo, no podía entender cómo había llegado la situación a aquel extremo. Lo único que tenía claro era que el Zotes era un gran manipulador. Sabía hacerlo muy bien.

Cuando vio que empezaba a ponerse violento, Jimi decidió cortar radicalmente. Lo bloqueó en el móvil y pensó que así se acabaría todo. Pero estaba muy equivocado.

Un día el tipo con cara de comadreja se presentó en la tienda de discos. A Jimi le dio un vuelco el corazón en cuanto lo vio entrar. El tipo se puso a ojear algunos discos, pero no dejaba de mirar a Jimi con poco disimulo.

«¿Te puedo ayudar en algo?», preguntó Jimi intentando aparentar normalidad.

«¿A mí? Puede. El Zotes está muy preocupado».

De repente, Jimi empezó a atar los cabos sueltos de aquella historia y creyó entender lo que estaba pasando: aquel tipejo era un mensajero del Zotes.

«¿Preocupado por qué?».

«Porque no respondes a sus llamadas. El Zotes cree que lo has bloqueado, aunque yo le repito que no, que eso no puede ser, que seguramente tendrás el teléfono estropeado o algo así».

Jimi se puso tenso, muy tenso. Trató de adivinar las verdaderas intenciones de aquella visita, pero su mente iba de un lado a otro y no le daba tiempo a pararse.

«Dile al Zotes que estoy ocupado. Y si no vas a comprar nada, lárgate de aquí».

Sus palabras sonaron amenazadoras, contundentes, y por un segundo le pareció que el tipo se achantaba. Sin embargo, enseguida dibujó una sonrisa perversa y le advirtió:

«Al Zotes no le va a gustar que le cuente lo que acabas de decir».

«Me da igual si le gusta o no. Lárgate de aquí. ¿No me has oído?».

«Tampoco le va a gustar que me eches de tu tienda. Por cierto, muy bonita. Pero deberías tener mucho cuidado, porque esto arde con una cerilla. Estos discos son muy inflamables. ¿Se dice así?».

Jimi salió de detrás del mostrador y se fue hacia el tipo que tenía cara de comadreja. Pero él ya había abierto la puerta de la calle sin dejar de sonreír.

«¡No quiero volver a verte por aquí!», le gritó Jimi.

En cuanto desapareció de su vista, Jimi empezó a caminar de un extremo a otro del mostrador. No podía pensar con serenidad. La rabia lo recomía por dentro. Tenía ganas de echarse a la cara al Zotes y decirle cuatro cosas. Respiró profundamente varias veces para controlar la ansiedad. No lo consiguió. Finalmente llamó a Rosa y le pidió que se quedara en la tienda un rato.

«¿Pasa algo?», preguntó Rosa por teléfono.

«Nada, nada. Tengo que ir al banco a solucionar un asunto».

Le respondió lo primero que le vino a la cabeza. Creyó que ella no había llegado a notar su nerviosismo.

Jimi recordaba que había intentado salir con normalidad de la tienda, sin apresurarse para no levantar sospechas. Y, en cuanto estuvo en la calle, comenzó a dar grandes zancadas hasta terminar corriendo. Cuando llegó al taller del Zotes, le faltaba la respiración. Por el camino fue pensando lo que iba a decirle. Tenía preparada cada frase. Sin embargo, cuando entró se quedó mudo.

El Zotes estaba con las manos metidas en el motor de una moto. Y sentado en un rincón del taller vio al tipo que había estado en la tienda un rato antes. Jimi se quedó clavado en la puerta. De pronto olvidó todo lo que tenía pensado decir.

«Pero mira a quién tenemos aquí», dijo el Zotes con un entusiasmo que Jimi sabía que era falso. «Si es el gran Jimi. El Tirantes tenía razón: me dijo que ibas a venir».

El Tirantes sonreía y mostraba las mellas de su dentadura.

«Mira, Zotes, no sé lo que pretendes con estos recaditos, pero yo sé muy bien lo que quiero: que me dejes en paz», soltó al fin Jimi.

El Zotes dejó caer al suelo la herramienta que tenía en la mano y siguió observando a Jimi con una sonrisa burlona, intimidadora. Lo miró de arriba abajo:

«¿Pero qué forma de hablar es esa, Jimi? A un colega no se le habla así».

«Tú y yo no somos colegas, ¿entendido?».

El Zotes se puso serio.

«¿Has oído, Tirantes? Jimi dice que no somos colegas». Luego le dijo a Jimi: «De acuerdo, como quieras. Yo pensaba que sí, pero veo que estaba equivocado. Por eso acudí a ti para que me ayudaras. Es lo que hacen los colegas, ayudarse cuando se necesitan».

«Ya te expliqué que no puedo ayudarte. Tú te crees que me llueve el dinero del cielo, y eso no es así».

El Tirantes miraba a uno y a otro como si fuera un partido de tenis. Y no dejaba de sonreír.

«No me jodas, Jimi. Esa tienda de discos que tienes vale una pasta, y el piso de…».

«No vayas otra vez por ahí, Zotes. Aunque fuera el tío más rico del mundo, yo no tengo por qué solucionar tus problemas».

«¿Has oído, Tirantes?» El Tirantes asintió con un gesto bobalicón. «Dice que no tiene que solucionar mis problemas. ¿Qué te parece?».

«Que tu colega es muy gracioso», respondió el Tirantes.

«Pero dice que no es mi colega. ¿No lo has oído?».

«¡Mira, Zotes, si te vuelves a acercar a mí o a mi familia, llamaré a la policía!», gritó de repente Jimi.

El Zotes rompió a reír y sus carcajadas contagiaron al Tirantes.

«Eres muy gracioso», dijo el Zotes. «¿No te lo han dicho nunca?».

—Entonces hice algo de lo que me he arrepentido mil veces. No pude controlar la rabia y me lancé contra el Zotes hecho una furia. Lo agarré por el mono lleno de grasa y lo zarandeé.

El Zotes retrocedió; sin duda, no se esperaba aquella reacción de Jimi. Lo pilló desprevenido. Jimi lo arrinconó contra el banco de trabajo y le puso un puño en el cuello, presionando con fuerza.

«No quiero verte en la vida, Zotes, ¿me has oído?, en la vida».

—En ese momento sentí un dolor enorme en la espalda. No sabía lo que era. Se parecía a una descarga eléctrica o algo así. Se me fueron las fuerzas de los brazos y las manos, y solté al Zotes. Cuando me di la vuelta, me encontré al Tirantes con una barra de hierro en la mano. Entonces comprendí que me había sacudido con ella. Me dolieron hasta los huesos.

Luego el Zotes agarró a Jimi por el cuello y lo inmovilizó. Y el Tirantes volvió a golpear a Jimi con la barra de hierro, esta vez en el pecho.

—Sentí como si me partiera en dos. Tuve la sensación de que me rompía. Sonó como si le hubiera dado un golpe a una caja de madera o a una mesa. Perdí las fuerzas en las piernas y, cuando el Zotes me soltó, caí al suelo como un saco de patatas. Ahí fue cuando empecé a sentir el dolor en el pecho. No podía moverme ni respirar.

Jimi no lo sabía aún, pero tenía varias costillas rotas. El dolor lo obligaba a encogerse, y cuanto más se encogía más aumentaba el dolor. Apenas le llegaba el aire a los pulmones. Una sensación de sueño se fue apoderando de él. En realidad, fue un desvanecimiento por falta de oxígeno.

Jimi no era capaz de precisar cuánto tiempo estuvo sin conocimiento. Lo único que recordaba era que apenas podía abrir los ojos. Le costó un gran esfuerzo volver a la realidad. Luchaba por mantener los párpados abiertos. Al fin tuvo que sucumbir y dejarse llevar por la pesadez que sentía en la cabeza. Pero podía oír todo lo que decían. A falta de vista, el oído parecía haberse aguzado.

El Tirantes y el Zotes hablaban de él. Estaban discutiendo. Habían bajado la persiana del garaje y planeaban lo que harían con Jimi.

«Tú estás loco, tío, ¿cómo vamos a pedir dinero por él?», objetaba el Tirantes.

«Que sí, tío, que este está forrado. Está podrido de pasta, que lo sé yo. Ganó mucho dinero con los discos y los conciertos. Él mismo me lo contó en la trena».

«¿Pero tú sabes los años que nos pueden caer encima por secuestro, tío?».

«Retención ilegal, Tirantes, se dice retención ilegal».

«Vete a cagar, tío, estoy hablando en serio».

«Podemos sacarle cien mil euros a la tía esa. La tienda vale más».

«Tú estás mal de la chaveta. ¿Cien mil euros? Esa cantidad no lo ha visto este junta en toda su vida».

«Pues cincuenta mil».

«Ni de coña, tío, menos, menos».

«Veinticinco mil y no se hable más».

Hubo un silencio prolongado antes de que el Tirantes replicara.

«Pero en cuanto lo soltemos, se nos echará encima toda la bofia».

«¿Quién ha dicho que lo soltaremos?».

«¿Y qué vas a hacer con el fiambre, tirarlo al mar?».

«Eso es cosa mía. Déjalo de mi cuenta».

Después, Jimi volvió a desmayarse. A ratos volvía en sí y luego se apagaba otra vez como una llama a la que le faltara oxígeno. Finalmente consiguió espabilar y mantenerse despierto. Lo habían metido en una pequeña garita, una especie de oficina donde, al parecer, el Zotes guardaba las facturas y otros papeles. Sobre la mesa había una ventana que daba al taller. Todo estaba sucio y olía a grasa y gasolina. No había mucha luz. Cuando sus ojos se acostumbraron a la penumbra, vio a través de la puerta entreabierta la silueta del Zotes que se movía por el taller. Sonaron dos golpes secos en la persiana de la calle y el Zotes corrió a abrirla. Luego Jimi reconoció la voz del Tirantes, que entró muy alterado.

«Tío, ya lo tengo», oyó que decía el Tirantes. «Lo he comprado en un chino».

«Enchúfalo y lo probamos».

Jimi no sabía de lo que estaban hablando. Veía a través de la ventana de la garita las sombras de los dos yendo de un sitio a otro. Luego entró el Zotes con algo en la mano.

«Mira, ya se ha despertado la Bella Durmiente».

El Tirantes asomó su sonrisa bobalicona por el marco de la puerta.

«Es duro el tío, ¿eh, Zotes? Si me dan un palo a mí como esc, no me levanta ni la grúa municipal».

El Zotes conectó algo a un enchufe de la pared. Fue cuando Jimi reconoció su teléfono móvil. Habían comprado un cargador. Jimi no tenía fuerzas para decir nada.

«¿Tú estás seguro de que el teléfono no lleva el localizador?», preguntó el Tirantes.

«¿Te piensas que soy gilipollas? Claro que no lo lleva».

«Zotes, que si te equivocas nos cae un marrón muy gordo».

El Zotes hizo el gesto de darle un puñetazo en la cara, pero no llegó a tocar al Tirantes.

«Mira que eres zopenco. Sal de aquí, que me estás poniendo de los nervios». Luego empezó a trastear el teléfono. «Mira, mira, diez llamadas perdidas de Rosa».

«¿Quién es esa?», quiso saber el Tirantes.

«La parienta, tío, la del pelo verde».

«Ah, sí, la *rockera* buenorra».

«Mira, aquí están todos los números: el de la tienda, el de la casa. ¡Buah! Ya te lo dije. Relájate, Tirantes, esto va a ser más fácil de lo que te piensas».

«No sé, tío, ¿y si llaman a la bofia?».

«Nos da lo mismo. Nadie de su familia puede idcntificarnos».

«¿Y el crío?».

«Tampoco. No puede relacionarme con esto».

—Enseguida me di cuenta de lo que pretendían: querían pedir un rescate y luego darme el pasaporte, ya sabes, hacerme desaparecer. Tuve muy claro que no iba a salir de allí vivo, pasara lo que pasara. Era todo una tremenda chapuza, una cosa de locos. Pero es que aquellos dos estaban locos de remate.

Manu

No sé si estoy en lo cierto

—Decías que tardaste bastante en darte cuenta de la gravedad de los problemas de Jimi.

—Sí, yo tenía mis *pirulas* en la cabeza y no me paraba a pensar demasiado en los demás.

Manu llegó un día a casa a la hora de comer, como cualquier otro día, y se encontró a Rosa Winchester en la cocina. Hasta ahí todo normal, excepto que Rosa estaba muy seria. Pero Manu no le dio importancia. Estaba pensando en Luna. Aquella misma mañana se había cruzado con ella en el pasillo del instituto y lo había saludado con mucha frialdad, apenas con un ligero movimiento de cabeza. Le dolía el comportamiento de la chica. Y en casa últimamente las cosas no iban mucho mejor. Cada vez que intentaba hablarle sobre las canciones que estaban componiendo, ella le daba largas y buscaba excusas. Luna se encerraba en su cuarto y parecía que le molestara que Manu la interrumpiera. Había sido un cambio radical en pocas semanas. Se había hecho ilusiones con Luna desde que tuvieron aquella conversación en la que ambos —o eso pensaba Manu— se habían sincerado, aunque él no se hubiera atrevido a decir lo que realmente le habría gustado.

—Siempre me ha costado trabajo ser yo mismo cuando estoy con una chica a solas. Es algo que me ha traído muchos problemas. Pensaba que con Luna sería distinto, pero no. Creo que estaba esperando a que ella diera algún paso.

—¿Esperabas que ella te dijera algo?

—Más o menos. Bueno, sí, esperaba que ella tomara la iniciativa. Yo no sé cómo se hace eso.

Cuando se sentaron a comer en la cocina, Jimi no había llegado aún. La cara de Rosa mostraba preocupación. Tal vez ese fue el momento en que Manu advirtió que pasaba algo grave. Porque Rosa Winchester siempre estaba contenta, canturreaba por lo bajo, bromeaba y hacía reír a todos.

«¿No esperamos a Jimi para comer?», preguntó Luna, que siempre llegaba a casa diez o quince minutos después que Manu.

«No», respondió Rosa con contundencia.

«¿Y eso?», insistió Luna.

«No sé dónde está. Se marchó esta mañana para hacer no sé qué y no he vuelto a saber nada de él».

«¿En serio?», se extrañó Luna, clavando la mirada en su madre.

«Y tan en serio».

Manu notó que a Rosa le brillaban los ojos. Su gesto era de rabia.

«¿Habéis discutido por algo?», quiso saber Luna, y su madre la fulminó con la mirada.

«No hemos discutido. Nosotros no discutimos».

«Entonces, seguro que se habrá entretenido».

«Jimi no es de esos», replicó Rosa, y de golpe las lágrimas brotaron de sus ojos y corrieron por las mejillas.

Manu se sobresaltó. Ver llorar a un adulto era algo

nuevo para él. Y mucho más si se trataba de una mujer tan fuerte como creía que era Rosa.

«¿Qué sucede, mamá?», preguntó Luna, alarmada. «¿Por qué no me cuentas lo que está pasando?».

Y entonces Rosa Winchester se derrumbó y rompió a llorar sin disimulo.

«No sé lo que pasa, hija. No entiendo nada. Jimi me llamó esta mañana y me pidió que me quedara un rato en la tienda, que tenía que ir al banco a pagar no sé qué».

«¿Jimi en el banco? Eso sí que me cuesta creerlo». Luna guardó silencio unos segundos. «Perdona, no quería decir eso».

«Sí, yo también lo pensé. Hace siglos que Jimi no entra en un banco. Siempre me encargo yo de esas gestiones. Le producen sarpullido. Está muy raro últimamente. Tú lo sabes igual que yo».

«¿Lo has llamado al móvil?».

«Por supuesto. Pero lo tiene apagado. Eso me mosquea más todavía».

«A lo mejor se ha quedado sin batería. Ya sabes cómo es de despistado Jimi en eso».

Manu atendía a la conversación como convidado de piedra. A pesar de la preocupación que veía en el rostro de las dos, pensó que igual no había motivo para alarmarse. En realidad, él sabía poco de Jimi, de sus costumbres, de sus problemas. No le había interesado averiguar nada sobre la forma de vivir y pensar de su padre. Por alguna razón que no sabía explicar, lo veía como alguien que había crecido y madurado físicamente, pero que seguía viviendo como un adolescente, como un niño grande que no quería aceptar que ya no lo era.

A Manu le pareció que Rosa Winchester trataba de calmarse para no preocupar a Luna, pero pensó que era puro fingimiento.

Después de comer, Luna se encerró en su habitación, como cada día, hasta la hora del conservatorio. Manu la vio desaparecer de la cocina sin decir nada, sin mirarlo siquiera. Se lo pensó mucho antes de tocar en su puerta. La encontró sentada en la cama, con las piernas encogidas, muy seria.

«¿Qué te pasa?», quiso saber Manu.

«No me pasa nada. Estoy cansada».

«Me refiero a qué te pasa conmigo».

Luna lo miró como si no entendiera lo que le estaba preguntando. Después, su gesto cambió. A Manu le pareció que se ponía a la defensiva.

«¿Y por qué crees que me pasa algo contigo?».

«No sé. Porque me evitas. Llevo días intentando hablar contigo y siempre tienes cosas que hacer. Parece que ya no te interesen las canciones que estamos componiendo».

«Te equivocas».

«¿Entonces?».

«Entonces, nada. No sé qué me ocurre. Estoy pasando por un mal momento».

Manu se lo pensó mucho antes de decir lo que llevaba dándole vueltas en la cabeza desde hacía tiempo:

«¿Es por Nacho?».

Luna sonrió levemente.

«¿Estás tonto?».

«Puede».

«Ya te dije que Nacho es…».

«Sí, sé que lo dijiste, pero es que a veces no puedo evitar pensarlo».

«¿Y por eso estás todo el día pegado a Lorena, porque no puedes evitar pensarlo?».

Manu abrió mucho los ojos. Se sintió desconcertado.

«¿Qué tiene que ver Lorena con esto?».

«No sé, dímelo tú».

«¿Te molesta que vaya con Lorena? Si es así, dejaré de ir con ella. Pero creía que tú…».

«No me molesta. Puedes hacer lo que te dé la gana. Yo quiero mucho a Lorena».

«Y yo».

Luna clavó la mirada en Manu.

«Pero no en el sentido en que estás pensando», rectificó a toda prisa.

«No estoy pensando en ningún sentido. No soy tan retorcida como crees».

«No creo que seas retorcida».

Manu se sentía incómodo con aquella conversación. Se volvió hacia la puerta. Le habría encantado que Luna lo llamara y le pidiera que se sentara a su lado, pero la chica no dijo nada. Antes de salir, se detuvo.

«Luna…».

«¿Qué?».

«¿Crees que deberíamos preocuparnos por Jimi?».

«No lo sé. Espero que no».

Manu regresó a su habitación muy desanimado. No tenía ganas de hacer nada. Intentó estudiar, pero no conseguía concentrarse. Al cabo de un rato ya se había olvidado del asunto de Jimi. No estaba seguro de que fuera realmente un problema. Escuchó a Luna salir de casa para ir al conservatorio. Se asomó por la ventana y la vio arrancar la moto y alejarse con el chelo cargado como si fuera una mochila gigante.

Luego hubo un silencio sepulcral en toda la casa, hasta que oyó un sonido lejano que parecía un lamento. Prestó atención y comprendió que era Rosa, que lloraba en la cocina. Eso lo hizo reaccionar. Luego la oyó hablar por teléfono. Le pareció que estaba contactando con amigos para preguntar si habían visto a Jimi. Poco después, el silencio y otra vez el llanto. Manu no sabía qué hacer. Se quedó en su cuarto, inmóvil, sin hacer nada. Rosa llamaba continuamente a unos y a otros.

Experimentó un gran alivio cuando oyó la puerta de casa y escuchó la voz de Luna, ya de regreso. Y solo entonces se atrevió a salir a la cocina. Rosa y su hija estaban abrazadas. El corazón se le aceleró.

«Le ha pasado algo», decía Rosa. «Esto ya no es normal. Jimi nunca ha hecho nada parecido».

«Seguro que se ha encontrado con alguien y se ha entretenido», intervino Manu.

Las dos se volvieron hacia él. Rosa le tendió la mano y él se la agarró con fuerza. Se abrazaron.

«Sí, seguro que es eso», dijo Luna.

«Ya no sé a quién más llamar. La Flaca asegura que no se ha pasado por el bar en todo el día».

«A lo mejor está en la nave, preparando algo para el ensayo», dijo Luna. «¿Quieres que me acerque con la moto en un momento?».

«No, no quiero que vayas a ninguna parte».

—Yo creo que empecé a asumir la gravedad de la situación cuando se presentaron por la noche en casa el Mono y la Flaca. Bueno, Nacho también. Habían estado preguntando a los colegas por Jimi, y nadie lo había visto. Me preocupé cuando vi que la Flaca no podía aguantarse las lágrimas, porque ya no era solo cosa de Rosa. Las dos estaban llorando y se abrazaban.

«Verás como aparece pronto», repetía la Flaca una y otra vez. «Seguro que todo tiene una explicación».

De vez en cuando sonaba el teléfono y Rosa daba un brinco y empezaba a temblar. Pero eran amigos que llamaban para saber si Jimi había vuelto ya a casa. Todos terminaban animando a Rosa.

Nacho no se despegaba de Luna, y eso ponía muy nervioso a Manu. No podía evitarlo. Los miraba de reojo. El rostro de Luna había ido tensándose cada vez más.

«Vamos a la policía».

Serían alrededor de las diez de la noche cuando el Mono pronunció aquella frase tan contundente.

«Sí, es lo que tendríamos que haber hecho ya hace un buen rato», asintió la Flaca.

Rosa los miraba desconcertada. Su rostro reflejaba la confusión que la atormentaba. No se movía, no articulaba palabra. Parecía en estado de *shock*.

«Venga, Rosa, anímate», le dijo el Mono. «Verás como antes de llegar a la comisaría te ha llamado Jimi».

«Seguro», lo apoyó la Flaca. «Pero tenemos que ir a la policía por si acaso».

Rosa Winchester rompió de nuevo a llorar como una niña desamparada.

«Yo me quedo con Luna para que no esté sola», se ofreció Nacho.

Manu lo fulminó con la mirada y replicó:

«No está sola. Yo estoy con ella».

«Vale, pues así tendrá el doble de compañía».

A Manu le pareció que Luna los miraba a los dos con odio.

Luna

Lo cierto es que estoy aquí

—Imagino que la espera de aquella noche sería terrible.

—Pues sí, lo fue. Fue angustiosa. Se me pasaban mil cosas por la cabeza: que Jimi había tenido un accidente, que había decidido marcharse porque estaba agobiado, yo qué sé. A ratos le echaba la culpa a Manu. Pensaba que él era el culpable de que Jimi no volviera a casa, que tanta tensión con su hijo había acabado con su paciencia. Pero mi madre y yo no teníamos ninguna culpa. Jimi no podía hacernos eso; él no era así. Todo eso me torturaba.

Aquella noche, después de volver de la comisaría, el Mono y la Flaca decidieron quedarse con Rosa en casa por si había novedades. Nadie pudo dormir. Los teléfonos eran el centro de atención de todos. Pero no sonó ninguno en toda la noche. Las horas pasaban lentas, muy lentas, y la lentitud del tiempo y el cansancio hacían mella en la moral de cada uno.

Luna y Manu se miraban sin decir nada. Cada vez que Manu hacía un intento de acercarse a la chica, ella lo rechazaba. Se apartaba ligeramente con un gesto de desagrado.

—Es que no podía evitarlo. Veía a Manu y tenía ganas de que me abrazara, de sentir que estábamos juntos en aquella movida. Pero luego pensaba que quizás Jimi se había ido por su culpa y entonces se me removía todo por dentro. Me daba mucha rabia.

Cuando amaneció, el Mono y Nacho se marcharon porque tenían que abrir el bar. La Flaca se quedó para ayudar a Rosa en cualquier cosa que necesitara. Querían volver a la comisaría un poco más tarde por si tenían alguna noticia. La Flaca había hecho algunas llamadas a los hospitales, sin que Rosa lo supiera, para saber si había ingresado alguien con las características de Jimi. Rosa les insistió a Manu y a Luna para que se fueran al instituto, pero ninguno de los dos quiso moverse de casa.

—Y de pronto sonó el móvil de mi madre. Recuerdo ese instante y todavía se me sale el corazón por la boca.

Rosa Winchester se abalanzó sobre el teléfono y dio un grito al ver el nombre en la pantalla.

«¡Es Jimi!», chilló angustiada.

Miró a todos temblando. Se había quedado paralizada.

«Vamos, responde», le gritó la Flaca. «Eso es que está bien».

Rosa Winchester consiguió controlar el temblor y atendió la llamada. Su voz sonó falsamente tranquila.

«Jimi, cariño, ¿dónde te has metido? ¿Estás bien?».

Después hubo un silencio tenso y el gesto de Rosa fue cambiando. Se puso pálida. Escuchaba con atención, aterrada. No se podía deducir nada bueno de su reacción.

«¿Qué estás diciendo?», gritó al cabo de unos segundos. «¿Qué broma es esta?».

Después, Rosa volvió a quedarse en silencio, con los ojos muy abiertos, como si no entendiera nada de lo que estaba oyendo.

—Ese momento fue terrible. Mi madre intentaba hablar, pero no le salían las palabras. Y lo peor de todo era que yo pensaba que estaba hablando con Jimi. Mi madre empezó a gritarle por teléfono. Y después se quedó con los ojos en blanco. Creí que se iba a desmayar.

«No era Jimi», dijo Rosa cuando terminó la conversación.

«¿Quién era entonces?», preguntó la Flaca.

«No lo sé. Un tipo que dice que tiene a Jimi y que no lo soltará hasta que le demos veinticinco mil euros».

«Será una broma, ¿no?», intervino Luna.

Rosa rompió a llorar.

«No lo sé. ¿Quién podría gastar una broma así? Y desde el teléfono de Jimi».

Se pusieron a hablar todos a la vez. Apenas unos minutos después, el Mono estaba en casa de Rosa. Los únicos que mantuvieron la calma fueron él y la Flaca. Pero, por más que insistieron, Rosa no quiso ir a la comisaría a informar de la llamada que había recibido desde el teléfono de Jimi.

«Dice que si vamos a la policía lo matará. Esto no parece una broma».

El tipo que había llamado no dio mucha información. Avisó que llamaría después para explicarles dónde deberían dejar el dinero. Y en mitad de toda la confusión, Manu se acercó a Luna y la tomó de la mano.

«Todo se va a solucionar», susurró Manu.

En ese momento la fortaleza de Luna desapareció, se abrazó a Manu y se le desataron las lagrimas.

«Perdóname, Manu, por favor».

«¿Qué se supone que tendría que perdonarte?».

«No lo sé, todo. Haberte echado la culpa de lo que estaba pasando».

«¿La culpa a mí?».

«No me hagas caso. No sé lo que digo».

Manu la apretó contra él y la retuvo un rato largo.

La Flaca tomó la iniciativa. Abrió una libreta de recetas, empezó a preguntarle a Rosa lo que le había dicho aquel tipo y lo fue anotando en los huecos en blanco. Así fue como reconstruyeron los detalles de la conversación. Además de insistirle a Rosa en el peligro que correría Jimi si llamaban a la policía, aquel tipo le indicó que le daría veinticuatro horas para reunir el dinero.

«Me da igual lo que haya dicho ese tío», dijo el Mono. «Yo creo que deberías acudir a la policía sin perder un minuto».

«¿Y si la cosa va en serio y le hacen algo a Jimi? No quiero ni pensarlo».

«¿Pero de dónde vas a sacar veinticinco mil euros, Rosa? Eso es una locura», repuso la Flaca.

«No lo sé. No tengo ese dinero».

«Ni aunque lo tuvieras», insistió el Mono.

De nuevo repitieron que la única alternativa era ir a la policía, pero no lograron convencer a Rosa. Entonces Manu apuntó algo que hizo a todos recapacitar:

«Lo primero que habría que hacer sería decirle a ese hombre que demuestre que Jimi está vivo». Lo miraron y nadie fue capaz de replicarle. «Rosa, pídele que te deje hablar con Jimi. Dile que necesitas asegurarte de que está bien».

«Manu tiene razón», reconoció Luna al cabo de unos segundos.

«Venga, Rosa, llámalo», lo apoyó la Flaca.

«No va a cogerme el teléfono, seguro».

«Eso no lo sabes. Tienes que intentarlo al menos».

«¿Quieres que llame yo?», se ofreció Manu.

«No, no, llamaré yo», afirmó Rosa.

Necesitó unos minutos para tranquilizarse. Cuando marcó el número de Jimi, todos contuvieron la respiración. Y, sorprendentemente, alguien respondió a la llamada.

—No sé cómo mi madre pudo hablar con aquel hombre. Le temblaba la voz, pero estaba fuerte. Discutió con él. Siempre la he admirado por la fortaleza que saca de no sé dónde. Yo me habría muerto allí mismo.

—¿Y qué le dijo tu madre a aquel hombre?

—Pues que no se creía nada de aquella historia, que no se iba a dejar engañar. Se mantuvo firme y le aseguró que, si no hablaba con Jimi, no iba a darle el dinero. Lo hizo muy bien.

—¿Y se puso Jimi al teléfono?

—No, no. Le dijo a mi madre que la llamaría al cabo de un rato y cortó la llamada. Probablemente fue la hora más larga que recuerdo de aquel día.

Una hora después sonó un aviso en el teléfono de Rosa.

«Es un mensaje de voz», anunció en cuanto lo vio.

Jimi había enviado un mensaje que al principio fue como una bomba, pero luego sirvió para tranquilizarlos un poco.

«Rosa, mi amor, estoy bien, no te preocupes. Bueno, un poco "débil", pero bien. Todo va a salir bien. Ya sé que es mucho dinero, pero a lo mejor puedes conseguirlo. (Pausa larga). No vayas a la policía, eso es importante. Mañana estaré otra vez en casa. Tú tranquila. Te quiero, mi amor».

—Lo escuchamos al menos diez veces seguidas. Mi madre nos lo envió a nuestros móviles para que no se perdiera por accidente. Cada vez que ella lo oía de nuevo se echaba a llorar. Se notaba que a Jimi le habían indicado lo que tenía que decir en el mensaje. A lo mejor lo estaban amenazando con un cuchillo. Era su voz, pero sonaba distinta, muy forzada. Había algo raro en su forma de hablar. En mitad de la grabación se quedaba callado un momento y se oía su respiración, como si le costara trabajo continuar, y luego se escuchaba una cosa rara de fondo.

En esa pausa, Luna creyó que se oía a lo lejos algo parecido a un grito y que sonaba una campana. Pero no le dio importancia en ese momento porque era difícil pararse a pensar.

Después de oír la grabación varias veces, Manu tomó a Luna de la mano y tiró de ella con disimulo. La llevó al pasillo y le susurró:

«Luna, esto se nos va de las manos. Tenemos que convencer a tu madre para que le cuente esto a la policía».

«Lo sé, pero ya te aviso que va a ser imposible. No sabes lo cabezota que es».

«Tenemos que intentarlo al menos. Si insistimos los dos, habrá más posibilidades».

«Si no les hace caso a la Flaca y al Mono, a nosotros menos».

A Manu no le quedaban más argumentos. Agachó la cabeza y dejó la mirada perdida en el suelo.

«Siento mucho todo esto».

«Todos los sentimos, Manu. Tú no tienes la culpa».

«Me refiero a mi comportamiento. Creo que no me he portado bien con vosotros. Y siento no haberme dado cuenta antes. Me gustaría poder ayudar en este lío, pero no sé cómo hacerlo».

Luna le sonrió. La sinceridad de Manu la conmovió.

«A lo mejor sí puedes ayudar».

«¿Cómo?».

«Podrías acompañarme a ver a alguien».

«¿A quién?».

«A mi abuelo».

«¿En serio?».

«Sí, en serio».

«Cuenta con ello».

«Gracias».

Y en mitad de la tragedia, Luna depositó un beso suave y calmado en los labios de Manu.

Rosa Winchester

Otros por menos se han muerto

—Supongo que lo último que te esperabas era que tu padre se presentara en casa.

—Sí, sí, claro, eso ni se me había pasado por la cabeza. Cuando lo vi entrar, pensé que era una alucinación mía por los nervios. Imagínate, hacía años que no nos veíamos. Todo lo que sabía de él era a través de Luna, que lo veía cada dos o tres días.

—¿Y cómo fue ese reencuentro?

—Muy fuerte, la verdad. Surrealista. Cuando lo recuerdo, todavía se me pone la carne de gallina.

Rosa Winchester ya se había tomado seis o siete tazas de tila que le habían preparado la Flaca y el Mono alternativamente, cuando vio entrar en la cocina a su padre, que venía con Luna y Manu. Lo encontró muy mayor, envejecido, pero con el mismo aspecto de profesor antiguo, con su traje y su pajarita, con ese aire de dignidad que tanto la molestaba cuando era niña. Se quedó paralizada. Intentó decir algo, pero no le salieron las palabras.

«¿Cómo estás, Rosita?», preguntó don Cosme.

Rosa Winchester se estremeció al oír su nombre en boca de su padre después de tantos años. Una vez más, no pudo contener las lágrimas.

«Papá, ¿qué haces aquí?».

«He venido a verte y a interesarme por tu marido», dijo don Cosme con solemnidad. Luego miró al Mono y a la Flaca, y dijo: «Buenos días, señores. No tengo el gusto de conocerlos. Soy el padre de Rosa».

El Mono y la Flaca respondieron tímidamente a la presentación y le dieron la mano. Habían oído hablar de don Cosme y no les pilló de sorpresa la forma arcaica de expresarse que tenía el anciano.

Rosa Winchester miró a Manu y a Luna, y comprendió que los dos estaban detrás de la visita inesperada de su padre. Don Cosme abrió los brazos y Rosa dudó durante unos segundos. Después avanzó hacia él y lo abrazó. Lloró de una forma serena, sin hacer aspavientos, como si en ese momento le saliera el llanto que había estado reprimiendo durante años.

«Te voy a manchar el traje», se excusó Rosa apartándose ligeramente.

«Sí, eso sería una tragedia», respondió don Cosme con seriedad.

Rosa Winchester pasó del llanto a la risa en unos segundos.

«No vas a cambiar nunca», bromeó Rosa.

«A estas alturas, ya no».

«Lo siento, papá».

Por un instante, a Rosa le pareció que su padre se conmovía al oír aquellas palabras. Luego don Cosme recuperó el gesto duro de siempre.

«Dejemos las disculpas para una ocasión más adecuada. O, mejor dicho, dejémoslas en suspenso, *sine die*. Como imaginarás, no he venido para eso. Me acabo de enterar del asunto del señor Jimi».

Rosa desvió la mirada hacia su hija y confirmó lo que había sospechado desde que vio entrar a su padre.

«Ya lo veo».

«Has de saber que me tienes para lo que necesites. Si quieres pagar el rescate, cuenta con el dinero. Si quieres ir a la policía, yo iré contigo. Si quieres hacer cualquier otra cosa, yo te apoyaré. El señor Jimi tiene todos mis respetos, por si no lo sabías. Pero si me permites darte un consejo, creo que deberías ir a la policía inmediatamente».

—Aquel era mi padre, pero no era mi padre. Creo que en toda su vida no me había dicho tantas frases seguidas ni tan largas. Supongo que todo el mundo cambia, a pesar de que yo siempre pensé que mi padre no cambiaría jamás.

—Y te equivocaste.

—Sí, afortunadamente me equivoqué.

Rosa y su padre estuvieron hablando mucho tiempo, puede que horas. En realidad, fue Rosa la que más habló. Don Cosme se limitó a escuchar y a asentir o negar con la cabeza. Según Rosa, aquello no era propio de él: don Cosme no se había caracterizado nunca por saber escuchar.

—¿Y de qué hablasteis?

—De todo, pero especialmente de Jimi.

—¿Y te convenció para acudir a la policía?

—Sí, me convenció. Yo estaba perdida. Tenía tanto miedo que no era capaz de tomar una decisión. Pero mi padre me tranquilizó.

Don Cosme no se separó de su hija en ningún momento. Cuando llegaron a la comisaría, fue él quien habló con la policía. Enseguida apareció una inspectora y los hizo pasar a una sala donde había una enorme mesa de reuniones y una pantalla de televisión gigante. En cinco minutos la sala se llenó de agentes de paisano y de uniforme. Sus rostros eran serios, pero parecían tranquilos.

«Esto es una chapuza, Rosa», le comentó la inspectora. «Tiene usted que tranquilizarse. No digo que no deba tomárselo en serio, por supuesto, pero no parece que el secuestrador sepa muy bien lo que está haciendo. Creemos que está improvisando sobre la marcha».

Entró un policía y comunicó que era imposible localizar el lugar desde el que se había hecho la llamada. Escucharon el mensaje de voz de Jimi e hicieron una copia. De vez en cuando los policías bajaban la voz para decirse algo entre ellos, y eso preocupó más a Rosa.

«Por favor, quiero saberlo todo».

«Lo sabrá todo, pero primero queremos analizar esos sonidos que se oyen de fondo», informó la inspectora.

—Entonces mi padre sugirió algo que provocó el desconcierto entre los policías. Yo creo que lo miraron como si chocheara. No sé. Esa fue, al menos, la impresión que a mí me dio.

«Si me permiten escuchar ese mensaje con unos auriculares, quizás pueda ayudarlos», propuso don Cosme muy serio, casi con solemnidad.

La inspectora miró a sus compañeros y tardó un rato en reaccionar. Pidió que le trajeran unos auriculares y en dos minutos don Cosme ya los tenía en sus manos.

«Adelante», dijo la inspectora.

Don Cosme escuchó el mensaje de Jimi con mucha

atención, concentrado. Pidió que lo reprodujeran una vez más y al final dijo con seguridad, tajante:

«Lo que se oye de fondo no es un grito humano, desde luego. Yo diría que son gaviotas».

Los policías mantenían la mirada fija en el anciano. Nadie habló.

«No me miren así. Soy músico y tengo un oído extraordinario, aunque esté feo que lo diga yo».

Alguien comentó:

«Podría ser perfectamente. Es evidente que no es el grito de una persona».

«¿Y por qué piensa que podrían ser gaviotas?», preguntó la inspectora.

«Es pura deducción. Esa campana podría ser la de la iglesia de Santa María. Mi esposa y yo íbamos allí, a misa, todos los domingos durante años. Conozco muy bien ese sonido. Y muy cerca de allí, en el barrio de Santa Cruz, hay colonias de gaviotas que han anidado en las faldas de la montaña».

Hubo un silencio largo. Los policías se miraban como si trataran de adivinarse el pensamiento. Finalmente, la inspectora descolgó un teléfono que había sobre la mesa y habló con alguien. Rosa no pudo escuchar lo que decía, pero al cabo de un minuto, o menos, apareció un hombre que entró con mucha energía en la sala.

«Comisario, creemos que podría estar retenido en el barrio de Santa Cruz o en los alrededores», anunció la inspectora.

«¿Y cómo ha llegado a esa conclusión?».

«Por favor, caballero, repita lo que acaba de exponernos».

Don Cosme repitió palabra por palabra lo que les había dicho a los policías. El comisario se quedó un rato pensando antes de hablar.

«De acuerdo, tiene lógica», dijo finalmente. «Vamos a desplegar un dispositivo en esa zona. Pero tiene que ser algo muy discreto: agentes de paisano, coches camuflados. Nada que llame la atención. ¿Se encarga usted?».

«Por supuesto, comisario», respondió la inspectora.

—Cuando salí de allí, iba mucho más tranquila. Bueno, algo más tranquila. Debo reconocer que tener a mi padre cerca me ayudó bastante. Siempre fue un hombre con mucho aplomo, aunque a mí nunca me gustó esa frialdad. Pero en algunas ocasiones, como aquella, es bueno ser así.

Cuando iban camino de casa, sonó el teléfono de Rosa Winchester y ella volvió a temblar.

«¡Es el número de Jimi!», le gritó a su padre.

«¿Quieres que conteste yo?».

Rosa negó con la cabeza. Estaba atacada de los nervios, paralizada.

«No, no quiero que sepan… Voy a responder».

Al otro lado sonó la voz fría y amenazadora de un hombre.

«Te lo voy a decir una sola vez. Si no lo entiendes, peor para ti, porque no lo repetiré. ¿Entendido?».

«Sí, entendido».

«Mañana a las doce tienes que estar en la entrada de la playa del Postiguet con el dinero. ¿Comprendido? Llévalo en una bolsa de supermercado. Cuando estés allí te llamaré y te diré lo que tienes que hacer.

Y escucha esto que te voy a decir: te estaré viendo. Si descubro algo sospechoso, alguien que esté vigilando, un coche de la bofia, alguien de paisano que huela a madero, lo que sea, olvídate de ver a tu Jimi vivo. A las doce en punto».

Y después, la llamada se cortó. Rosa empezó a llorar. Don Cosme la tomó de la mano e hizo el amago de abrazarla, pero se contuvo.

«¿Era el secuestrador?».

Ella asintió con la cabeza.

«Quieren el dinero mañana a las doce, en la playa».

«Regresemos a la comisaría».

«No, no, no… Si ve a un policía, Jimi no volverá nunca a casa».

«Regresemos a la comisaría», insistió don Cosme con el gesto más relajado.

«Papá, por favor…».

—¿Y volvisteis?

—Sí, claro. Pero no te imaginas cuánto me arrepentí en las horas siguientes. Me pareció que yo misma le había puesto la soga en el cuello a Jimi sin querer.

Jimi

Maneras de vivir

—Me decías que casi desde el principio estuviste seguro de que ibas a morir.

—Sí, sí, lo veía claro. Sabía que aquellos dos no me dejarían salir vivo de allí. No tenía dudas. Lo que estaban haciendo era una tremenda chapuza que no podía acabar bien.

El tiempo pasaba muy lento para Jimi. Los minutos le parecían horas y las horas se le antojaban días. El dolor del pecho era insoportable en muchos momentos. Jimi permanecía sentado, con la espalda apoyada en la pared y una mano sujeta a una tubería por una brida que se le hundía en la piel de la muñeca y le cortaba la circulación de la sangre. Su único alivio, si es que se podía llamar así, eran los momentos en que perdía el conocimiento. Entonces soñaba con su juventud, con los compañeros de Samarkanda, con los conciertos. Pero las voces del Zotes y el Tirantes lo despertaban y lo traían de nuevo a la penosa realidad. Intentaba hablar y le salía un hilito de voz que no se alcanzaba a oír.

Jimi llegó a escuchar la conversación telefónica que el Zotes mantuvo con Rosa Winchester. Aquello lo hizo sufrir aún más.

«Por favor, dejadme hablar con Rosa, por favor», decía a cada rato.

Nadie lo escuchaba. Oía las idas y venidas de los dos hombres, sus voces roncas y a ratos violentas. De vez en cuando pedía agua, pero tardaron muchas horas en darle de beber. Le ardía la garganta, y la sed le provocaba alucinaciones. Llegó a desear una muerte rápida. Le horrorizaba sufrir una agonía lenta.

Las discusiones del Zotes y el Tirantes lo ponían más nervioso. Se comportaban como si Jimi no estuviera allí.

«La tía está acojonada, te lo aseguro. Esa va a soltar la pasta, ya lo verás».

«¿Y si no tiene tanto dinero?».

El Zotes le dio una patada a algo y empezó a gritar.

«¡Eres un *cagao*, Tirantes, claro que lo tiene!».

Así empezaban todas las discusiones. A Jimi le parecía que el Tirantes se estaba rajando.

De pronto sonó el teléfono y Jimi oyó al Zotes hablar con Rosa. No esperaba que le dieran ninguna explicación de lo que hablaran por teléfono. Por eso se sorprendió cuando el Zotes y el Tirantes entraron en la garita y se quedaron clavados delante de él.

«Tu mujer quiere hablar contigo», le dijo el Zotes. «Necesita asegurarse de que esto no es una broma y de que no te hemos cortado el cuello. Quiere saber que estás bien. Pero yo no me fío de ti».

«Déjame hablar con ella», le pidió Jimi.

El Tirantes le dio una patada en la pierna y le chilló: «¡Tú te callas!».

«Sí, por supuesto que te voy a dejar hablar con ella», dijo el Zotes. «Pero le vas a decir lo que yo te diga».

«Solo quiero decirle que no se preocupe y preguntarle por los chicos».

«Nada de eso, listillo. No le vas a preguntar nada. Vas a grabar un mensaje para que sepa que estás vivo y que la echas mucho de menos. Y también le vas a insistir en que tiene que pagar si quiere volver a verte».

—Todo fue muy rápido y apenas me dio tiempo a pensar. Aunque el Zotes me dijo lo que tenía que contarle a Rosa, yo pretendía intentar algo a la desesperada. No sabía qué, pero estaba seguro de que aquella iba a ser mi última oportunidad. A veces, en situaciones límite, la mente reacciona muy deprisa. En cuestión de segundos, cuando tenía el teléfono delante para grabar el mensaje, me vino una idea a la que me agarré como si fuera la única posibilidad que me quedaba. Pensé en utilizar una palabra clave para que Rosa tuviera alguna pista sobre dónde estaba yo, o quizás alguno de los chicos lo entendiera.

Jimi grabó el mensaje con voz temblorosa. De vez en cuando el dolor le hacía detenerse y gemir. Entonces el Zotes interrumpía la grabación y le daba un patada.

«Ni un lamento más, ¿entendido? Quiero que tu mujer sepa que estás maravillosamente bien. ¿O prefieres que le mandemos un dedo para demostrarle que esto no es una broma?».

Jimi lo creía capaz de cortarle un dedo y mandárselo a Rosa. Al tercer intento, el Zotes dio por buena la grabación. Cuando Jimi supo que ya la había enviado, respiró tranquilo. Pensó que Rosa se alegraría de saber que él estaba bien, aunque no fuera verdad. Había tenido que hacer un gran esfuerzo para aguantar el dolor en el pecho mientras hablaba. No podía permitir que Rosa sospechara cuánto estaba sufriendo.

Jimi sabía que Rosa no podría conseguir el dinero que le pedían, aunque él mismo le había rogado en el mensaje que lo intentara. No había tenido otra opción.

«¡Zotes!», gritó Jimi desde el suelo con las pocas fuerzas que le quedaban. «¡Zotes!».

Tardó un rato en oírlo. El Zotes asomó la cabeza por la puerta de la garita.

«¡Estate calladito, Jimi!».

«Zotes, no tenemos tanto dinero, te lo juro».

El Tirantes asomó por detrás.

«A lo mejor está diciendo la verdad».

«Pídele menos, Zotes», insistió Jimi. «Dos o tres mil euros. Eso lo podría reunir mi mujer si la ayuda algún amigo. Lo otro va a ser imposible».

El Zotes montó en cólera. Empezó a gritar y a darle patadas a Jimi. El Tirantes tiró de él y lo sacó de la garita. Después, los dos siguieron discutiendo en el taller.

«Si sigues así, lo vas a matar antes de cobrar la pasta».

«Cállate, Tirantes, tú no tienes ni idea».

«A lo mejor tiene razón y deberíamos pedir menos».

«Mira, tío, si no han puesto pegas es porque están intentando sacarlo de debajo de las piedras. Para eso están los bancos y los préstamos».

A Jimi le parecían absurdas las discusiones de aquellos dos. No podía creer que dos tipos tan estúpidos pudieran haber llegado tan lejos. De vez en cuando el Tirantes se marchaba del taller y había un silencio absoluto. En una de esas ocasiones, Jimi sacó fuerzas para hablarle al Zotes.

«Vais a matarme, ¿verdad?».

El Zotes lo miró con desprecio.

«¿Eso crees?».

Jimi sabía que jamás convencería al Zotes, pero no perdía nada por intentarlo.

«Si me dejáis ir, te juro que no voy a contar nada a la policía. Pero si esto se os va de las manos, os vais a meter en un lío muy gordo».

El Zotes se rio y escupió al suelo con desprecio.

«Mira, tío, no hay nada en el mundo que me joda más que lo que estás haciendo ahora mismo, que me traten de gilipollas».

«Pues si vas a matarme, hazlo ahora. No esperes a mañana».

El Zotes lo miró muy serio. Salió de la garita y volvió con una barra de hierro. A Jimi le pareció que era la misma con la que lo había golpeado el Tirantes.

«De acuerdo, acabaré contigo ahora mismo».

—En ese momento sentí una cosa extraña, como una paz y una tranquilidad interior. No tenía miedo a morir. Era una liberación. Pensé en Rosa, en Luna. Y me acordé de Manu, de mi fracaso como padre. Cerré los ojos y esperé a que el Zotes me diera un golpe seco en la cabeza. Deseé con todas mis fuerzas que fuera suficiente con un solo golpe. Por eso me incliné hacia delante, para que viera dónde tenía que darme.

Y entonces Jimi oyó la risa grotesca del Zotes. Abrió los ojos y el Zotes levantó la barra de hierro para golpearlo. Pero, en vez de hacerlo, la tiró al suelo.

«Eres patético, Jimi, muy patético, ¿lo sabías? Tendría que haber grabado esto y subirlo luego a Internet. El gran Jimi suplicando morir como un conejo. Pues no, no va a ser tan fácil para ti. Todavía vales más vivo que muerto…, por ahora».

El resto de las horas fue una larga agonía en la que Jimi deseaba más estar muerto que vivo. No podía calcular cuánto tiempo había pasado, ni sabía si era de día o de noche. Cada vez que despertaba de un desvanecimiento, la pesadilla revivía. Y, de repente, oyó una conversación entre el Zotes y Rosa. Le estaba dando instrucciones para la entrega del dinero al día siguiente, en la playa del Postiguet. Pensó que ya le quedaba poco tiempo de vida y sintió alivio.

Manu

Descuélgate del estante

—Fue la noche más larga que recuerdo de toda mi vida. Nadie durmió en esta casa.

—¿Se quedó don Cosme con vosotros?

—Sí, toda la noche. Y la Flaca y el Mono. A Nacho le pidieron que se fuera a casa a descansar para abrir el bar por la mañana temprano. La verdad es que me sentí mejor así, sin él, porque pude estar todo el tiempo con Luna sin que nadie se interpusiera. Y que conste que ya no le tenía tanta manía como al principio.

La Flaca y el Mono fueron de mucha ayuda para Rosa, pero el que realmente consiguió tranquilizarla fue don Cosme. Su aplomo daba mucha seguridad. Posiblemente fue el único que logró mantener la calma, o quizás solo en apariencia.

«Rosita, tienes que acostarte un rato, aunque no duermas. Mañana va a ser un día duro y deberías estar fuerte».

«Lo estoy, papá. No voy a acostarme».

Viéndolos hablar, nadie diría que llevaban años sin dirigirse la palabra.

Manu, mientras tanto, no perdía detalle de los movimientos de Luna. La seguía a todas partes por la casa, aun a riesgo de hacerse pesado.

«A ratos tengo la sensación de que esto no es más que una pesadilla de la que de un momento a otro vamos a despertar», le confesó la chica.

«A mí me pasa lo mismo. Parece como si no estuviera ocurriendo de verdad».

Luna escuchaba una y otra vez el mensaje de Jimi, y cada vez que lo hacía las lágrimas caían por sus mejillas. Manu no se atrevía a decirle que aquello era una tortura, que dejara de hacerlo. Él llevaba meses escuchando el último mensaje de su madre antes de morir y sabía lo doloroso que podía llegar a ser. Sin embargo, se resistía a comentárselo a la chica porque estaba convencido de que no le haría caso.

«¿Lo quieres mucho?», le preguntó a Luna de repente, y ella miró como si no entendiera la pregunta. «Me refiero a Jimi».

«Sí, mucho. Ni te lo imaginas».

«Pues, claro que puedo imaginarlo. Es un buen tío, ¿verdad?».

«Para mí, el mejor. ¿Acaso lo dudas?».

«No, no es eso, es que durante toda mi vida solo he oído cosas chungas de él: lo de las drogas, lo de la cárcel, ya sabes».

«Era lo que te contaba tu madre».

«Sí, pero mi madre era lo más importante para mí. Y todavía lo es, aunque…».

Manu se quedó con las palabras en los labios.

«Sí, aunque esté muerta», terminó Luna. «No debes tener miedo a llamar a las cosas por su nombre».

«No, no me da miedo decirlo».

«¿La echas mucho de menos?».

«Sí, mucho».

«Es lo mismo que me pasa ahora a mí con Jimi, aunque no se pueda ni comparar».

Manu se quedó callado, inseguro, titubeante. Luna lo miró desconcertada.

«¿Qué te pasa?», preguntó la chica.

«¿Tú sabes cómo fue aquella historia del hombre al que mató Jimi?».

«Por supuesto. Él me lo contó hace mucho tiempo».

«Hace poco quiso contármelo, pero le dije que no».

«¿Por qué?».

«Porque no me siento cómodo hablando con él».

«Eso es evidente».

«¿Podrías explicármelo tú?».

«¿Y no prefieres que lo haga él cuando vuelva?».

«Sí, pero ahora me apetece que me lo cuentes tú. Contigo tengo más confianza».

«Eso no significa mucho si tenemos en cuenta que con él no tienes ninguna confianza».

«Sí, es verdad».

«Vale, como quieras».

Luna lo tomó de la mano y le pidió que se sentara a su lado. Estuvo mucho tiempo hablando de Jimi. Le refirió cosas que Manu ni podía sospechar siquiera. La imagen que tenía Luna de Jimi no se parecía en nada a la que Manu se había forjado de su padre.

Después, Luna se quedó callada y volvió a escuchar el mensaje de voz de Jimi.

«No hagas eso», le dijo Manu.

«¿El qué?».

«Oír una y otra vez la voz de Jimi. Te vas a rayar».

«Es el único consuelo que tengo».

«¿Seguro?».

Entonces Manu fue a la estantería de Luna y sacó uno de los discos que Jimi grabó con Samarkanda en los años gloriosos.

«Nunca he puesto un disco de estos», dijo Manu. «Ni siquiera sé cómo se hace. ¿Lo escuchamos ahora?».

Luna asintió, sacó el disco de su funda y lo colocó sobre el plato giratorio. A Manu le pareció que lo hacía con devoción, como un rito pagano. Oyeron dos o tres canciones en silencio, muy concentrados.

«Tu padre era un genio, ¿sabes?», dijo Luna. «Pero a veces a los genios les pasan estas cosas, que se les va la pinza».

De vez en cuando Luna salía a la cocina para saber cómo estaba su madre. La veía hablar con don Cosme y se volvía a su cuarto o se sentaba en el salón con la Flaca y el Mono. Manu la seguía a todas partes.

—Fue una noche larga y extraña. Aunque lo estaba pasando fatal por todo aquello, me sentía bien al saber que podía ayudar a Luna. Me parecía que ella se encontraba mejor cuando yo estaba cerca.

A ratos Manu temía que Luna quisiera estar sola, y él se encerraba un rato en su cuarto. Pero enseguida aparecía Luna, le preguntaba cómo estaba y se sentaba a su lado. Entonces Manu le tomaba la mano y ella le sonreía con tristeza.

Poco después de amanecer, Rosa Winchester decidió que no podía esperar más. Llamó al teléfono que le habían dado en comisaría y habló con la inspectora que llevaba el caso de Jimi. Quedaron en verse.

«Vamos contigo», dijo Luna señalando a Manu.

Y Manu sintió una sensación agradable al oír que Luna lo incluía en sus planes.

«No, vosotros os quedáis aquí», respondió tajante Rosa.

«Sí», dijo don Cosme. «Es mejor que esperéis en casa. A la policía no le gustará ver a tanta gente alrededor».

«Tú también te quedas, papá».

«Ni hablar. Yo voy contigo».

El Mono y la Flaca se miraron y no se atrevieron a decir nada. Sin duda, también querían ir con Rosa.

«Deja que te acompañe tu padre al menos», dijo la Flaca.

Rosa Winchester se hizo de rogar, pero don Cosme se mostró inflexible.

Cuando Manu y Luna se quedaron solos en casa, la chica empezó a maquinar cualquier cosa para no mantenerse al margen.

«¿Y si vamos al Postiguet sin que nos vean?», propuso Luna.

«Ni locos. Ya has oído a tu madre. Además, no conviene ponerla más nerviosa de lo que está».

«Pero no tiene por qué enterarse. Yo no puedo quedarme aquí sin hacer nada».

«Pues hagamos algo».

«¿Y qué sugieres?».

Manu lo pensó unos segundos. Luego dijo:

«Por ejemplo, sigue contándome cosas de Jimi».

Pasaron dos horas hablando de Jimi. Luna le enseñó a Manu fotografías de él. De vez en cuando la chica se quedaba en silencio y respiraba profundamente para relajarse.

«Esto es muy duro para mí», reconoció Luna en cierto momento.

«Lo sé. También lo es para mí».

«Sí, perdona, tienes razón. Soy muy egoísta».

«No lo eres. Simplemente quieres a Jimi y ya está».

Luna no había soltado el móvil ni un instante. Lo miraba a cada momento.

«No mires más el móvil», la reprendió Manu. «Por mucho que lo hagas, no va a sonar».

«Es que no puedo evitarlo».

«Todavía faltan dos horas para que llame a tu madre el secuestrador».

«Dos horas pueden ser una eternidad».

«Hay un proverbio que dice: "Por mucho que mires el cazo, el agua no va a hervir antes"».

«Te lo acabas de inventar».

De vez en cuando Luna ponía el móvil a cargar, aunque tenía la batería casi al cien por cien.

«¿Quieres que demos una vuelta por ahí? Así nos distraeremos», sugirió Manu.

«Ni hablar. ¿Y si no oímos el móvil por el ruido de la calle?».

«Pero si lo llevas todo el tiempo en la mano, tía. Y, además, vibra. Tienes que tranquilizarte».

«Lo intento, pero no puedo».

A las doce en punto, Luna clavó la mirada en la pantalla de su móvil y no la apartó durante la siguiente media hora.

«No llama».

«Espera un poco».

«¿Y si llamo a mi madre?».

«Ni se te ocurra. Tiene que dejar el teléfono libre, sin llamadas».

«Seguro que ya han entregado el dinero».

«Eso no podemos saberlo. Además, habíamos quedado en que tu madre llamaría cuando hubiera alguna noticia».

«Tienes razón».

A las tres de la tarde Luna no pudo aguantar más y llamó a su madre, a pesar de la mirada reprobatoria de Manu. Rosa no contestó.

«Contesta, mamá, contesta, responde a la llamada por favor», decía Luna.

Pero Rosa no cogió el teléfono. Eso desmoralizó a los chicos. Poco después sonó el móvil de Luna y la chica estuvo a punto de tirarlo al suelo por los nervios. Era la Flaca.

«No, no sabemos nada», respondió Luna. «Pensé que a lo mejor os habría llamado a vosotros».

Rosa no había llamado a nadie.

Otras dos horas después oyeron el ruido de la llave en la puerta de casa y los dos corrieron al pasillo.

Rosa venía con el rostro descompuesto y los ojos llorosos e irritados. Don Cosme iba detrás de ella.

«¿¡Qué ha pasado!?», chilló Luna.

«Jimi no ha aparecido. No lo han dejado libre como habían prometido».

Y Rosa Winchester rompió a llorar con un grito desgarrado mientras se abrazaba a su hija.

LUNA

Y si te quieres venir

—Así que nadie llamó a tu madre a la hora convenida.

—No, no llamó nadie. Yo no podía entender qué había pasado. Mi madre lloraba y lloraba sin dar ninguna explicación.

Rosa Winchester se dejó caer en el sofá, con las manos en la cara, sin parar de llorar. A veces le faltaba el aire y abría exageradamente la boca para respirar. Don Cosme permanecía en pie, con el gesto serio pero sin decir nada. Con su pajarita y su traje pasado de moda, parecía un personaje salido de la máquina del tiempo.

Luna preguntó una y otra vez qué había pasado. Rosa era incapaz de hablar. Finalmente, don Cosme le hizo un gesto a su nieta para que se tranquilizara. Poco después se presentaron en casa la Flaca y el Mono. En cuanto vieron a Rosa comprendieron que las cosas no habían ido bien.

«¿Y Jimi?», quiso saber la Flaca.

No hubo respuesta. Se sentó junto a su amiga y la abrazó.

«Será mejor que salgamos y las dejemos un rato a solas», dijo don Cosme. «Debemos tranquilizarnos todos un poco. Los nervios no ayudan nada».

—Mi abuelo era el único que se mantenía más o menos tranquilo. Él fue quien nos contó lo que había ocurrido.

Mucho tiempo antes de la hora acordada, la policía le había explicado a Rosa los detalles del operativo que habían organizado para atrapar al secuestrador. Estaba todo muy calculado y, excepto que surgiera algún imprevisto, era difícil que el tipo que retenía a Jimi pudiera escapar. Por la experiencia que tenían en casos similares, era probable que el secuestrador no actuara solo.

El despliegue policial fue enorme. Sin embargo, no se veía ni un coche de policía ni un uniforme en toda la playa del Postiguet ni en sus alrededores. Hasta donde don Cosme fue informado, había policías camuflados en el paseo y en la zona de baño. También los había vigilando desde lo alto del hotel que había a la entrada de la playa, donde Rosa debía esperar la llamada con las indicaciones para dejar el dinero.

A don Cosme no le permitieron acercarse. Tuvo que quedarse a regañadientes en una cafería de la Explanada, desde donde no podía ver a su hija, aunque alcanzaba a divisar una parte del paseo. No se arriesgaron a ponerle micrófonos a Rosa porque no sabían si habría contacto con el secuestrador o si sería todo a través del móvil.

El agente que estaba más próximo a Rosa era una mujer que iba vestida con el uniforme de la empresa de la limpieza municipal y empujaba un carrito de basura.

Según le contó luego Rosa a su padre, ella no hizo nada extraño o que pudiera levantar sospecha. Se limitó a esperar en el comienzo del paseo, junto a un quiosco en el que se vendían chucherías y recuerdos para los turistas. No había apenas gente aquella mañana porque el cielo estaba nublado y corría un levante desagradable.

Rosa Winchester esperaba abrazada a la bolsa del falso rescate. Era una bolsa corriente de supermercado. Dentro había un paquete que abultaba aproximadamente lo mismo que veinticinco mil euros en billetes de cincuenta. Tenía tanto miedo que llegó a sentir que la bolsa se transparentaba y el secuestrador se daría cuenta de que allí no había dinero.

A las doce en punto su corazón iba tan acelerado que podía oír los latidos. La respiración y el ritmo cardíaco iban cada uno por su lado. Rosa abría la boca de vez en cuando porque sentía que el aire no le entraba por la nariz. No podía controlar el temblor de sus manos.

Quince minutos después casi no podía sostenerse en pie. Hubo de apoyarse en una farola para no perder el equilibrio y caer al suelo. Le escocían los ojos de tenerlos tan abiertos. No apartaba la mirada de la pantalla del móvil y únicamente de cuando en cuando levantaba la cabeza para ver quién había a su alrededor. Llegó un momento en que se le nubló la vista.

A la una ya no le quedaban fuerzas y no tuvo más remedio que sentarse. Trataba de distinguir a algún policía cerca, pero no veía más que a algún turista y a un grupo de jubilados que buscaban un sol inexistente.

A la una y media la agente camuflada de limpiadora municipal se acercó a ella y le dijo:

«Aléjese despacio y diríjase a aquella cafetería de allí. Un compañero mío le dará instrucciones».

Rosa tardó unos segundos en reaccionar. Se había quedado paralizada. No podía creer que el secuestrador no la hubiera llamado. Cuando echó a andar, vio a su padre a lo lejos. Don Cosme no había hecho caso a la policía y se había acercado. Según él, lo hizo con mucha discreción. Pasó a su lado sin mirarla y entró en el paseo. Rosa obedeció las instrucciones y se dirigió a la cafetería, pero antes de entrar se dejó llevar por un impulso y marcó el número de Jimi. Nadie respondió. El teléfono ni siquiera daba señal.

Al entrar, un policía de paisano le hizo un gesto para que avanzara hacia los aseos. Allí la esperaba la inspectora que dirigía el operativo.

«Tranquilícese», le dijo a Rosa. «Ahora es cuando más debe mantener la calma».

«No contesta nadie al teléfono. Está apagado».

Poco después don Cosme entró en la cafetería y vio cómo su hija iba hacia él y lo abrazaba.

Las horas siguientes fueron de gran incertidumbre y confusión. Seis personas reunidas en una sala de la comisaría exponían hipótesis sobre lo que podía haber ocurrido.

«Creo que se han dado cuenta de que había policía», repetía Rosa de vez en cuando.

Don Cosme intentaba calmarla, sin éxito. Por la tarde los dos entraban en casa con una desagradable sensación de derrota.

—Mi abuelo contó que en la comisaría les habían pedido que esperasen en casa, pendientes del teléfono pero sin obsesionarse. Claro, eso era muy fácil de decir.

«Habría que darle un tranquilizante a tu madre», le sugirió don Cosme a Luna.

«No va a querer, ya te lo digo yo».

«Intentémoslo al menos».

Lo máximo que consiguió Luna fue que su madre se tomara tres tilas seguidas que no le hicieron ningún efecto.

—Entonces me di cuenta de que Manu se estaba comportando de una forma extraña.

—¿Extraña?

—Sí, hasta ese momento no se había apartado de mí. Eso me daba mucha confianza. Pero, de repente, desapareció con mucho sigilo de mi vista y se metió en su cuarto sin llamar la atención. No sé, me pareció que quería esconderse.

Luna no podía pensar con normalidad. Su mente iba de una cosa a otra sin detenerse. Buscó a Manu y lo encontró encerrado en su cuarto, con los auriculares puestos.

«¿Qué haces?», le preguntó al chico desconcertada.

Manu levantó la mano para pedirle que guardara silencio.

«Espera, creo que he encontrado algo».

Estaba escuchando el mensaje de voz de Jimi.

«¿Algo?».

«Sí, en el mensaje de Jimi».

«Ahora eres tú el que se está rayando. Yo lo he oído mil veces y no hay nada que no sepamos».

«Yo creo que Jimi quería decirnos algo».

«¿Algo? ¿Qué?».

«No estoy seguro».

ROSA WINCHESTER

Tengo una plaza vacante

—Entonces, ¿fue Manu quien encontró la clave?

—Sí, sí, Manu fue el que se dio cuenta de que Jimi quería decirnos algo más en su mensaje. Cada vez me recuerda más a su padre. Fue genial.

Rosa Winchester estaba tumbada en el sofá, con un dolor de cabeza terrible, agarrada a la mano de la Flaca, cuando Manu y Luna entraron en el salón con el rostro desencajado.

«Creo que Manu ha descubierto algo que puede ayudarnos», anunció Luna.

Manu estaba pálido, temblaba.

«He escuchado varias veces el mensaje de mi padre y pienso que estaba intentando darnos una pista».

—Me conmovió oír a Manu llamarlo «mi padre». Jamás lo había hecho. Seguramente por eso no entendí bien lo que quería decirnos.

«Tenéis que escucharlo», dijo Luna.

La voz de Jimi sonó en el teléfono como si estuviera allí mismo:

«Rosa, mi amor, estoy bien, no te preocupes. Bueno, un poco "débil", pero bien...».

Manu detuvo el mensaje de voz y miró a todos expectante.

«Yo no oigo nada raro», dijo el Mono.

Don Cosme le pidió a Manu que lo pusiera otra vez. Luego se pegó al oído el móvil y volvió a escucharlo.

«¿Es la palabra "débil"?», preguntó don Cosme.

«Exactamente», respondió Manu gritando. «En realidad no dice "débil"».

«Manu opina que dice "Derbi"», explicó Luna.

«No está muy claro», dijo don Cosme. «Pero podría ser. La grabación no es muy buena. ¿Y qué demonios significa "derbi"? ¿Se refiere a un partido de fútbol?».

«Es una marca de motos», puntualizó el Mono.

«Sí, mi moto», dijo Luna conteniendo un grito.

Todos se miraron en silencio. Los pensamientos se cruzaban.

«¿Y tú crees que eso puede ser una pista que quiere darnos Jimi?», preguntó la Flaca.

Rosa Winchester se puso en pie y empezó a caminar de un extremo al otro del salón.

«Sí, creo que quiere decir algo», asintió el Mono.

—De pronto fue como si las piezas del rompecabezas comenzaran a encajar unas con otras. Lo de la moto de Luna era la pieza clave de aquel mensaje. Pero yo estaba tan ofuscada que no me había dado cuenta. Fue el Mono el que nos abrió los ojos.

«¿Recuerdas cuando Jimi llevó a arreglar tu moto al garaje de un conocido suyo?», se dirigió el Mono a Luna.

«Sí, claro que me acuerdo».

«A mí me contó que se había encontrado en la calle a un tipo al que conoció en la cárcel».

«A mí no me contó nada de eso», intervino Rosa.

«Bueno, ya sabes cómo es Jimi. No le gusta hablar de determinadas cosas».

«Pero a ti sí te lo contó».

«Sí, porque la moto de Nacho no arrancaba bien y me comentó que conocía a alguien que tenía un taller. Era el tipo con el que había estado en la cárcel. Me dijo que él iba a llevarle la moto de Luna para no sé qué. Luego, al día siguiente, o a los dos días, me vino con que no se la llevara, que aquel tío no era trigo limpio. No sé, como si hubiera tenido alguna historia rara con él».

«¿Dijo eso?», preguntó Rosa.

«Sí, y que era un impresentable y le estaba complicando la vida. Además soltó dos o tres expresiones muy chungas de aquel tío. Ahora no me acuerdo exactamente cómo lo llamó, pero era la primera vez que oía a Jimi hablar mal de alguien. Le pregunté, pero no dio más explicaciones. Me pareció que se había arrepentido de lo que había dicho».

«Quizás fue eso lo que quiso decirnos con la palabra "derbi"», dijo Manu. «Podría ser ese tío el que esté detrás del secuestro».

«Voy a ir a la comisaría. O, mejor, voy a llamar ahora mismo a la inspectora. Es la única pista a la que podemos agarrarnos», anunció Rosa.

Marcó enseguida el número de la inspectora y le contó por teléfono lo que creían haber descubierto.

«¿Sería capaz de identificar a ese hombre si le mostramos una fotografía?», quiso saber la inspectora.

«No, nunca lo he visto».

«¿Y tiene alguna idea de dónde podría estar ese taller?».

«No, no lo sé».

«Quizás esté en el barrio de Santa Cruz. Eso explicaría el sonido de las gaviotas y las campanas».

Rosa Winchester ahogó un grito.

«Sí, eso explicaría todo».

«Puede que todo no. Pero hablaremos con la cárcel de Fontcalent y buscaremos los datos de todos los compañeros de prisión que tuvo su esposo».

«Pero eso puede llevar mucho tiempo».

La inspectora le pidió que se quedara en casa, pendiente del teléfono. Le explicó que la policía seguía dando vueltas por el barrio de Santa Cruz con mucha discreción.

«Antes o después daremos con él», la animó la inspectora.

Después de que Rosa les relatara la conversación, Manu miró de reojo a Luna y le hizo un gesto para que la siguiera al pasillo. Ella lo captó enseguida y salió detrás de él sin decir nada.

«¿Qué pasa, Manu?».

«¿Tú sabes dónde está ese barrio?».

«Claro».

—Yo no me di cuenta de nada. Estaba tan alterada que solo pensaba en qué estaría haciendo la policía para encontrar a Jimi. Hasta que no entró Luna avisándome de que iba a salir con Manu, no me olí que tramaban algo.

«¿Salir? ¿Adónde?».

Luna no tenía preparada la respuesta. Por eso su rostro la delató.

«A comprar una cuerda para el chelo».

«¿Ahora?».

Luna no se atrevió a continuar con la mentira. Se quedó callada unos segundos mientras el rubor iba subiendo a sus mejillas.

«¿Qué pasa, Luna? Dímelo. No es el momento de secretitos».

«Vamos a ir al barrio de Santa Cruz», respondió Manu con franqueza.

«¡Cómo! ¿Estáis locos?».

Rosa Winchester los miró con incredulidad. Trataba de pensar lo más deprisa posible.

«Mamá, no nos pasará nada».

Rosa salió al pasillo, cogió las llaves de casa y dijo:

«Voy con vosotros».

—La verdad es que estaba tan desesperada que no sabía lo que hacía en ese momento. Ni siquiera le conté a mi padre adónde íbamos. En otras circunstancias no habría permitido que los chicos vinieran. Pero era una situación crítica.

Rosa Winchester conocía muy bien el barrio. En su juventud había vivido en una de aquellas calles, cuando empezaba a tocar con su grupo y no quería saber nada de sus padres. El barrio no había cambiado mucho.

No vieron policía por ninguna parte. Si estaban por allí, se habían camuflado muy bien. Comenzaron a recorrer las calles mirando todos los locales. Ni un solo taller de motos. Preguntaron, pero nadie supo darles información.

Entonces, Rosa recordó una tienda de ultramarinos que había cerca de su antigua casa. No estaba muy lejos. Les pidió a los chicos que la siguieran. Entraron en la tienda.

—Estaba todo casi igual que cuando yo vivía allí. Me pareció incluso reconocer la cara del dueño, muy envejecido.

«Estamos buscando un taller de motos en el barrio. Yo viví aquí hace años, pero ya no recuerdo dónde estaba», dijo Rosa. «A lo mejor ya no existe».

«¿Un taller de motos dice? Pues ahí arriba hay uno, pero yo creo que no abre todos los días».

—Parecía demasiado fácil. El hombre nos dio las indicaciones y los tres salimos corriendo.

Era una calle por la que Rosa había pasado muchas veces hacía años. Pero no recordaba que allí hubiera ningún taller. Y, sin embargo, allí estaba. Vieron desde lejos el cartel que sobresalía de la fachada. La persiana estaba bajada y pintarrajeada con grafitis. Cuando se acercaron, vieron en una esquina a un hombre que hablaba por teléfono. A Rosa le pareció reconocerlo.

—¿Era el Zotes?

—No, era uno de los policías que habían estado conmigo en la comisaría. Al parecer, se nos había adelantado.

El hombre se acercó a ellos con cara de pocos amigos. Rosa se sobresaltó.

«Por favor, vengan conmigo», dijo el policía con mucha discreción.

Sin duda alguna, había reconocido a Rosa. Los tres le siguieron.

«Creo que mi marido puede estar en ese taller», dijo Rosa cuando doblaron la esquina.

«Sí, es muy probable», respondió el policía muy serio. «Estamos en ello. Pero, por el momento, les pido que se queden aquí para que podamos hacer nuestro trabajo».

Rosa se disculpó. En menos de diez minutos el barrio se llenó de policías. Había agentes por todas partes, excepto en la calle del taller, que estaba acordonada y desierta. La primera en llegar fue la inspectora que llevaba el caso del secuestro de Jimi.

«No ha sido buena idea venir», le dijo a Rosa.

«Lo sé, pero póngase en mi lugar».

«De acuerdo. Ahora, por favor, no se muevan de aquí».

La inspectora echó a caminar y se acercó a la puerta del taller. Probó a subir la persiana, pero estaba cerrada con llave. Luego se asomó por las ventanas.

Después, Rosa Winchester ya no pudo ver más, porque un policía se la llevó a ella y a los chicos unos metros más allá.

JIMI

Maneras de vivir

—Me decías que hubo un momento en que ya no sabías si estabas vivo o muerto.

—Sí, sí, suena muy fuerte, pero fue así.

Jimi abría los ojos de cuando en cuando y no veía nada. Otras veces los cerraba y las imágenes se agolpaban en su mente. Había dejado de sentir dolor. Por eso creía que quizás estuviera muerto. Sin embargo, poco después la sed le provocaba un terrible ardor en la garganta. Había perdido la noción del tiempo. Podría llevar allí días o semanas. Imposible saberlo. Pensaba que el taller del Zotes debía de parecerse mucho al infierno. Y él no sabía diferenciarlo.

De repente le llegó con fuerza otra imagen y no supo si era un recuerdo o una pesadilla. El Zotes y el Tirantes discutían. Se habían pasado la mayor parte del tiempo así. Pero aquella discusión era más violenta. Hablaban del dinero del rescate.

«¿Cómo quieres que te lo explique?», decía el Zotes. «Yo llamo a la mujer, le digo que meta el dinero en la papelera que hay al lado del quiosco y, en cuanto se vaya, tú te acercas y lo recoges».

«Venga, tío, ¿tú te crees que soy idiota? ¿Y si me trinca la bofia con las manos en la masa? Paso, tío. Mejor llamo yo a la mujer y tú recoges el dinero».

«Tú haces lo que yo te diga».

«Claro, y si me pillan, ¿vas a ir tú al trullo? Ah, no, al trullo irá aquí el menda».

«Pero ¿tú no tienes luces en la cabeza? No te van a pillar. Esa tía está cagada de miedo. No va a llamar a la pasma. Además, en cuanto veas a un pitufo a cien metros, te piras y ya está».

«¿Y te crees tú que van a ir de pitufos?».

«Tú los hueles a kilómetros, Tirantes, no me digas que no».

«Lo mismo que tú. Por eso mismo, yo llamo a la tía y tú sacas la pasta de la papelera».

«Eres un *retrasao,* Tirantes, un inútil».

«Eso es de tanto juntarme contigo».

En pocos segundos la discusión se volvió muy violenta. Los dos se gritaban. Jimi oyó golpes e insultos.

A través del hueco de la puerta, Jimi vio a los dos tipos empujarse y forcejear. Luego el Tirantes cayó al suelo y el Zotes comenzó a darle patadas. Aquello no podía ser un sueño. Los gritos de los dos eran reales. Jimi pensó que, con un poco de suerte, alguien oiría el escándalo desde la calle y tal vez llamaría a la policía. Pero entonces sonó un golpe seco, violento, y se hizo el silencio.

Lo siguiente que vio Jimi fue al Zotes con una barra de hierro en la mano. Entró en la garita, tiró el hierro al suelo y se puso a abrir y cerrar los cajones. El Zotes hablaba solo, blasfemaba. Estaba muy alterado. A Jimi le parecía que sacaba algunos billetes de una caja y se los metía en el bolsillo. No se atrevió a decir nada. Estaba empezando a comprender lo que había sucedido.

El Zotes salió de nuevo al taller y Jimi lo oyó decir: «Púdrete, Tirantes. Vete al infierno».

Pero el Tirantes no respondió. Jimi miró la barra de hierro que había caído a su lado y advirtió que estaba manchada de sangre. Luego sintió que el Zotes subía la persiana del garaje. Después la bajó y escuchó el ruido de la llave. Y nada más.

Entonces tuvo la certeza de que el Tirantes estaba muerto. Quizás tan muerto como él. Cerró los ojos y se dejó llevar por un sueño profundo. Y en el sueño siguió viendo lo mismo que cuando estaba vivo: la garita, la tubería a la que estaba atado por una brida sujeta a su muñeca, los cajones que había dejado abiertos el Zotes. Seguía oliendo a cerrado, a grasa, a sudor. Pensó en los buenos tiempos, cuando subía al escenario y el mundo se detenía para él. Pensó en Rosa, en Luna. Pensó en Manu, y se dejó llevar por la sensación de derrota.

Podían haber pasado dos horas, o dos días, o dos semanas. Era imposible saberlo. Un sonido metálico, seco y estridente lo despertó. Y a continuación unos gritos violentos. Llegó a creer que el Zotes y el Tirantes habían vuelto a discutir, pero enseguida recordó que el Tirantes estaba muerto.

Primero fueron las voces de dos personas; luego, de tres. Voces y gritos. Vio unas botas negras que se acercaban a su cara. Intentó protegerse el rostro. Temía que fueran a patearlo.

«Tranquilo, ya se ha terminado todo».

Era una voz de mujer.

«¿Se encuentra usted bien?».

Ahora era un hombre el que le hablaba.

Jimi no podía responder. Se limitó a hacer un gesto afirmativo con la cabeza.

«Ya ha terminado todo. En un minuto estará la ambulancia en la puerta».

Jimi no era capaz ya de distinguir entre voces de hombres y mujeres. Era como si todas las voces estuvieran dentro de un pozo que las deformaba.

Consiguió levantar la cabeza y reconoció los uniformes de policía. Alguien cortó la brida que mantenía a Jimi sujeto a la tubería, y su brazo cayó muerto sobre él. No podía moverlo. No lo sentía. Pero era capaz de percibir su peso sobre la cadera.

«¿Estoy vivo?», preguntó Jimi.

«Sí, está usted vivo».

Y, por primera vez, Jimi pudo llorar.

—Todo lo que ocurrió después lo tengo muy confuso en la memoria. Recuerdo que llegaron con una camilla, que me subieron y me sacaron a la calle. También me acuerdo de que, al salir por el taller, vi al Tirantes en el suelo, con la cara llena de sangre. Fue una cosa extraña. En vez de sentir odio, me dio pena. No sé. Pero, sobre todo, sentí un alivio enorme cuando una policía me dijo que el Zotes se iba a pudrir en la cárcel el resto de su vida.

«Es cuestión de horas que demos con él», le informó la inspectora.

Al salir a la calle, Jimi reconoció la voz de Rosa. Ella se acercó a la camilla y lo besó. Enseguida se apartó al ver el gesto de dolor de su marido. Jimi intentaba llamarla y no le salía la voz.

«No haga esfuerzos», le dijo un médico. «Tiene varias costillas rotas».

Sin embargo, Jimi consiguió pronunciar el nombre de Luna. Y como si fuera un truco de magia, Luna apareció delante de él. La chica lloraba y reía a la vez.

«Ha sido Manu», dijo Luna. «Él fue quien descifró tu mensaje».

Y Jimi logró articular el nombre de su hijo.

—Entonces vi a Manu al lado de Luna. Estaba muy serio. Claro, supongo que no era momento para reír. Pero me gustó verlo allí.

Jimi tendió la mano hacia él y Manu se la agarró con fuerza.

«¿Estás bien?», preguntó Manu.

«He estado mejor otras veces, pero no me quejo; podría estar peor».

«Menudo susto», dijo Manu.

«Sí, es verdad. Bueno, al menos hoy no has ido a clase».

Manu sonrió y Jimi sintió que el cuerpo dejaba de pesarle. Alguien le pidió a Manu que se apartara.

«Jimi», lo llamó Manu antes de soltar la mano de su padre.

«Dime».

«Me gustaría que me enseñaras a tocar la guitarra».

«Cuenta con ello», respondió Jimi.

Esas fueron sus últimas palabras antes de perder el conocimiento una vez más.

EPÍLOGO

—¿Cuánto tiempo estuviste en el hospital?

—Diez días. Pero fueron los mejores que pasaba en mucho tiempo. No tenía apenas dolor, porque me metían analgésicos en vena. Era feliz. Por las mañanas estaba Rosa conmigo. Por las tardes venían Luna y Manu. No te lo vas a creer, pero don Cosme se ofreció para quedarse en la tienda mientras Rosa estaba en el hospital. Don Cosme… Menudo personaje.

«Jimi, vamos a hacer un viaje», le dijo Rosa Winchester al cabo de unos días.

«¿Es una orden o una pregunta?».

Rosa sonrió.

«Las dos cosas».

«Entonces supongo que no puedo negarme».

«El viaje no tiene que ser ahora».

«Ahora es imposible. Mírame».

«Quiero decir que puede ser dentro de unos meses, dentro de un año, cuando tú quieras».

«Vale. ¿Y adónde quieres ir?».

Rosa cerró los ojos y respiró profundamente.

«Me gustaría ir a Samarkanda antes de hacerme vieja».

«Tú nunca te harás vieja».

«Estoy hablando en serio».

«Yo también».

«Los sueños están para cumplirlos».

«Pues los cumpliremos».

Nos volvimos a reunir todos la noche antes de que Rosa y Jimi tomaran un avión a Uzbekistán, con varias escalas, para visitar Samarkanda. Fue una despedida dulce. Había un brillo especial en la mirada de ambos.

—¿Vas a escribir esta historia o te has arrepentido ya? —me preguntó Jimi.

—Por supuesto que voy a escribirla —le respondí.

—Espero que me saques guapo —le advirtió riendo con ganas.

—Sí, claro, diré que eres el *rockero* más guapo de todos los tiempos.

—Mejor no digas nada —bromeó Rosa aguantándose la risa.

Ya empezaba a decaer la fiesta, cuando Luna se puso en pie y salió corriendo del salón como si hubiera olvidado una olla en el fuego. Enseguida volvió con una guitarra acústica vieja que parecía arrastrar mucha historia detrás. Miró fijamente a Jimi, le tendió la guitarra y él retrocedió como si le diera miedo cogerla.

—¿Yo?

—Sí, tú —insistió Luna.

Jimi agarró la guitarra con miedo y la observó como si fuera un ser humano. Cerró los ojos, respiró profundamente y arrancó con dos acordes. Le costaba mucho trabajo deslizar la mano sobre las cuerdas y era evidente que eso lo hacía sufrir. Manu le hizo un gesto a su padre, y Jimi le sonrió y lo miró orgulloso. Enseguida le entregó la guitarra y el chico la colocó sobre sus piernas. Marcó un acorde en mi, luego en re y por último en la. Reconocí la canción antes de que empezara a cantar: *Maneras de vivir.* Fue la misma que Rosendo y Jimi tocaron en aquel mítico concierto de 1992 al que yo tuve la suerte de asistir. Luego Jimi cerró los ojos y se puso a cantar casi en susurros:

—*No pienses que estoy muy triste / si no me ves sonreír.*

Rosa Winchester se unió a él:

—*Es simplemente despiste.*

Y la siguiente frase la cantamos todos a la vez:

—*Maneras de vivir.*